निकम्मा लड़का

निकम्मा लड़का

नमिता सिंह

वाणी प्रकाशन

वाणी प्रकाशन

4695, 21-ए, दरियागंज, नयी दिल्ली 110 002

फ़ोन : +91 11 23273167 फ़ैक्स : +91 11 23275710

शाखाएँ

अशोक राजपथ, पटना 800 004, बिहार

कॉफ़ी हाउस कैम्पस, महात्मा गांधी मार्ग, इलाहाबाद 211 001, उत्तर प्रदेश

महात्मा गांधी अन्तरराष्ट्रीय हिन्दी विश्वविद्यालय, वर्धा 442 001, महाराष्ट्र

www.vaniprakashan.com
marketing@vaniprakashan.in
sales@vaniprakashan.in

Nikamma Ladka
by Namita Singh

ISBN : 978-93-5229-263-9
Collection of Stories

प्रथम संस्करण 2002
द्वितीय संस्करण 2022

मूल्य : ₹ 225

आर.के. ऑफ़सेट, शाहदरा, दिल्ली-110 032 में मुद्रित

वाणी प्रकाशन का लोगो मक़बूल फ़िदा हुसेन की कूची से

हिंदी की सुधी आलोचक
डॉ. निर्मला जैन
के लिए

अनुक्रम

निकम्मा लड़का

वह एक निकम्मा लड़का था। कम-से-कम उसके घरवालों का उसके बारे में यही ख्याल था। उसकी माँ और बड़े भाई उसके निकम्मेपन से खासे परेशान थे। यूँ उसकी एक छोटी बहन भी थी लेकिन माँ को वास्तविक चिंता उसी को लेकर थी कि पता नहीं बड़ा होकर क्या करेगा ? कुछ करेगा भी कि नहीं ? अरे लड़की का क्या है। हायर सेकेंड्री में पढ़ रही है। बी.ए. या एम.ए. कर लेगी तो शादी कर देंगे। लेकिन लड़कों के भविष्य का मामला तो इस तरह हल नहीं हो सकता। कितना कठिन समय है। अच्छी ढंग की नौकरी मिलना क्या आसान है ? टेक्नीकल लाइन हो तो कैरियर बनाने में आसानी होती है। इसके लिए मेहनत चाहिए। इस निकम्मेपन से कुछ नहीं हो सकता।

सचमुच बहुत निराश किया उसने अपने घरवालों को। उसकी माँ सोचती थी कि वह कुशाग्र बुद्धि का है। पढ़ने में अच्छा है। उसे डॉक्टर बनना चाहिए। कभी किसी हॉस्पिटल में जाना पड़ जाए तब डॉक्टर होने का महत्त्व समझ में आता है। सफेद कोट पहने, गले में स्टेथस्कोप लटकाए और गंभीर मुद्रा धारण किए हुए डॉक्टर देवदूत से कम नजर नहीं आते। आम आदमी टकटकी लगाए डॉक्टर की कृपादृष्टि का इस तरह मोहताज होता है कि साक्षात् ईश्वर, अगर कहीं है तो पिघल जाए। माँ ने उसे अपनी गिरती हुई सेहत का वास्ता देकर समझाना चाहा कि उसका साइंस पढ़ना और डॉक्टर बनना क्यों बेहद जरूरी है। इसके अलावा डॉक्टरों की कितनी प्रतिष्ठा और हैसियत होती है। वह सुनता रहा और आखिर में हँसकर बोला, "हाँ! छोटी बहन को जरूर डॉक्टर

बनाना चाहिए। बहन की खुद की इच्छा भी डॉक्टर बनने की है।'' माँ ने माथा पीट लिया, ''इस लड़के से तो बहस करना ही बेकार है। आप इससे कुछ काम की कहिए तो फौरन दूसरा रास्ता दिखा देता है।''

उसके बड़े भैया का ख्याल कुछ दूसरा था। वे ठहरे इंजीनियर। एक बड़े व्यापारिक संस्थान से जुड़े हुए। प्रतिष्ठाजनक पद। आकर्षक वेतन। आधुनिक सुख-सुविधाओं से भरपूर संपन्न पारिवारिक जीवन। अक्सर विदेशों के चक्कर भी लगते रहते। उनका कहना था कि उसे इंजीनियर बनना चाहिए। इंजीनियरी की पढ़ाई कम समय में पूरी हो जाती है जबकि एक अच्छा योग्य डॉक्टर बनने में कम से कम दस साल लगते हैं। समय और पैसे दोनों की बचत है। फिर इस क्षेत्र में पैसा कमाने के बहुत मौके हैं। अगर आप में कार्यकुशलता के कारण थोड़ी भी व्यावहारिक बुद्धि है तो आप करोड़ों के आदमी बन सकते हैं। कोई फर्क नहीं पड़ता कि नौकरी सरकारी है या गैर सरकारी। हर जगह भरपूर पैसा पीटा जा सकता है। इसीलिए उसे मन लगाकर इंजीनियरी के इम्तिहान की तैयारी करनी चाहिए। थोड़ी-सी मेहनत कर लेगा तो जरूर किसी अच्छे इंजीनियरिंग कॉलेज में दाखिला मिल जाएगा।

वह चुपचाप बड़े भैया की बातें सुनता रहा। कोई जवाब नहीं दिया। उनकी बात काटकर वह उन्हें दुख नहीं पहुँचाना चाहता था क्योंकि भैया साल-दो साल में कभी-कभार ही आ पाते। उस दौरान वे घर के बंदोबस्त, उसकी और बहन की पढ़ाई, उनके भविष्य तथा माँ की सेहत के बारे में ढेर सारी हिदायतें दे जाते। वे सभी लोग बहुत ध्यान से उनकी बातें सुनते और सहमति के अंदाज में सिर हिलाते रहते।

भैया चले गए और उसने माँ से स्पष्ट कह दिया कि उसे इंजीनियर भी नहीं बनना है। पैसा कमाने के लिए घर में एक आदमी बहुत है। उसकी समझ में नहीं आता कि सब लोग अगर इतना सारा पैसा कमाते रहे तो इन ढेर सारे पैसों का क्या होगा। कैसे खर्च किया जाएगा ? पैसा ही कमाना हो तो उसके बहुत तरीके हैं। गणेशी काका को देखो। दर्जा आठ पास। पान की दुकान से कितना कमा लिया है। एक शानदार कोठी। सिविल लाइंस मार्केट में दो किराए पर उठी दुकानें और वह

लल्ला ! लोग कहते कि वह स्मगलिंग करता है। साथ में अफीम का धंधा भी है। एक-एक रात में उसके हाथों से लाखों के वारे-न्यारे होते हैं। उसे तो लल्ला की शक्ल देखकर झुरझुरी छूटती है।

बहरहाल, उसने ऐलान कर दिया कि उसे न तो डॉक्टर बनना है और न ही इंजीनियर, उसे साहित्य पढ़ना है। इतिहास पढ़ना है। उसे अपने आप को, अपने चारों ओर लोगों को पढ़ना है। इस दुनिया को पढ़ना है और समझना है।

बड़े भैया को जब पता चला तो वह बहुत नाराज हुए। उन्होंने गुस्से से भरी एक लंबी चिट्ठी माँ को लिखी कि वह एकदम निकम्मा लड़का है। मेहनत नहीं करना चाहता। साहित्य-वाहित्य में क्या धरा है। वह अपनी जिंदगी बेकार कर रहा है···और अंत में उसे सख्ती से हिदायत दी थी कि वह इंजीनियरी के इम्तिहान में बैठने की तैयारी करे···कोई परेशानी हो तो उनके पास चला आए···। उसने चिट्ठी पढ़ी और फिर तह करके चुपचाप माँ को पकड़ा दी। माँ गुमसुम हो गई। फिर अपनी मजबूरी से बेचैन होकर बड़बड़ाने लगी। वह बड़बड़ाहट सुनकर परेशान होने लगा और अपनी किताब लेकर छत पर चला गया। खुले आसमान के नीचे बैठकर काम करना उसे रोमांचित करता। अनंत तक फैले और अपने सर के ऊपर छाए आसमान की मौजूदगी के अहसास से उसे लगता कि उसके ऊपर कोई गुरुतर भार हो। विशाल आकाश को सँभाले रखने जैसी कोई बहुत अहम जिम्मेदारी उस पर आयद की गई हो। अपने को बेहद जिम्मेदार महसूस करते हुए वह और गहराई से अपने काम में डूब जाता। दिगदिगंत से घूम फिर कर आती अनुभवी हवाएँ उसके कानों में जीवन के सूत्र पढ़ जातीं। अपनी बाँहों में लपेट उसे दुलारती हुई उसके भीतर नई स्फूर्ति भर देतीं।

साहित्य की दुनिया में विचरते हुए वह एक दूसरी ही दुनिया में चला जाता। वहाँ सूरज एक नए अंदाज में उगता। उसकी लाली आसमान को एक नया अर्थ देती। फूलों की महक उसके आगे-आगे दौड़ती। उसे अजनबी रास्तों की ओर खींच ले जाती और अनजान गलियों में आँख मिचौली खेलती हुई वह अंत में कहीं गुम हो जाती। वह उस खुशबू को

ढूँढ़ता हुआ हर गली में घूमता। हर बंद किवाड़ को खटखटाता। तब साँकल उतरती, किवाड़ खुलते और हर घर के भीतर बसी एक नई जिंदगी से उसका साक्षात्कार होता। जिंदगी के अनगिनत अछूते, अनबूझे सवालों से सामना होता। ज्ञान का असीमित भंडार एक छिपे खजाने की तरह जैसे खुलकर उसके सामने बिखर जाता और वह अलीबाबा की तरह मुग्ध भाव से देखता हुआ ठगा सा रह जाता कि क्या-क्या समेटे, कहाँ समेटे। उसे अपनी किताबों में अद्भुत दुनिया मिलती, जो उसके दिल और दिमाग से होती हुई उसकी उँगलियों के पोरों में सिमट आती। उसकी उँगलियाँ मचलने लगतीं, बेचैन हो उठतीं और अंततः उँगलियों के बीच फँसी कलम कागज पर दौड़ने लगती…

उसकी माँ उसके कमरे में घुसती, हर रोज की तरह उसके बिखरे कमरे को साफ करने के लिए। मेज पर फैले कागजों को वह समेटती। उन कागजों पर कोई कविता मुस्कुराहट बिखेर रही होती या कभी कोई चित्र पसरा हुआ होता। वह उन कागजों को सहेज कर रख देती। उसके सिरहाने से किताबों के ढेर उठाकर उन्हें अलमारी में लगा देती। न जाने रात-रात भर क्या पढ़ता रहता है…

एक बार उसके एक चचा आए। फौज में कर्नल। लंबे-तड़ंगे, रौब दाबवाले। हाल-फिलहाल में रिटायर हुए थे। बहुत जिंदादिल और बातूनी। दो दिन वे रहे और घर उनकी लंबी-लंबी बातों और जोरदार ठहाकों से जगर-मगर करता रहा। कई मोर्चों पर लड़ी गई लड़ाइयों के किस्से सुनाते रहे।

"और बरखुरदार ! अब तुम कहो अपनी। क्या कर रहे हो आजकल ?"

"जी, पढ़ रहा हूँ अभी तो।" उसने धीमे से जवाब दिया।

"अरे, पढ़ते तो सभी हैं इस उम्र में। यह बताओ कि क्या पढ़ रहे हो और आगे क्या करने का इरादा है ?" सवाल के साथ ही पीठ पर एक जोरदार धप्‌ लगाई उन्होंने।

"क्या बताऊँ भैयाजी, इस लड़के का तो दिमाग ही उल्टा है। कुछ करना ही नहीं चाहता। मेडिकल लाइन के लिए कहा तो साफ इन्कार

कर दिया। इंजीनियरी के इम्तिहान में बैठने को कहा तो वह भी नहीं···" जवाब दिया माँ ने।

"भाभी ! इसे तो आप मिलिट्री में भेज दीजिए। देखिए क्या पर्सनलिटी बनती है। अरे स्मार्ट लड़का है। बहुत बढ़िया रहेगा वहाँ···" उन्होंने जैसे पुचकारते हुए उसकी थाह लेनी चाही।

इससे पहले कि वह कुछ कहता, छोटी बहन बोल पड़ी, "चाचा, आप नहीं जानते, हमारे ये आर्टिस्ट भैया लड़ाई और मारपीट इन सबसे कोसों दूर रहते हैं। कहीं झगड़े-फसाद का जरा भी अंदेशा हो तो छोटे भैया जनम जिंदगी वहाँ नहीं फटकेंगे।"

वह मुस्करा दिया।

"मैं आपकी तरह बहादुर नहीं हूँ चाचा। मुझे तो मरने से बहुत डर लगता है।" उसने अपने दिल की एक कठिन बात बहुत सरलता से कह दी।

"वाह, वाह ! इतिहास की मोटी-मोटी किताबें पढ़ते हो। लड़ाइयों के किस्से पढ़ते हो, और लड़ने से डरते हो ? बिना लड़ाई लड़े कोई इतिहास पुरुष नहीं बनता माय डियर बॉय···" और चाचा हो-हो-हो-हो कर हँसने लगे जैसे कोई बहुत महत्त्वपूर्ण वाक्य बोला हो उन्होंने।

"इतिहास में लड़ाइयों की कहानियाँ पढ़ना एक बात है चाचा और आमने-सामने खड़े होकर दुश्मन से लड़ना अलग। क्यों चाचा, सचमुच आप लोगों को लड़ाई के मैदान में डर नहीं लगता ?"

"डर ? अरे मरने का डर किसे नहीं होता। लेकिन वहाँ, लड़ाई के वक्त अपनी जान का ख्याल ही नहीं आता। उस वक्त दुश्मन के नाम पर दिल में एक आग-सी लगी होती है। सामने टारगेट होता है। सिर्फ अपना टारगेट। वह दुश्मन जो हमारा चैन छीन रहा है, उसे सामने पाकर कौन पीठ मोड़ कर भागेगा। यह तो जीते जी मौत होगी बेटे। एक बार पीठ मोड़ कर भागेंगे और सारी जिंदगी मुर्दे की तरह मरे-मरे जिएँगे। एक बार जीओ और बहादुर की तरह जीओ···" और फिर एक जोरदार ठहाका और उतने ही जोर की धप् पड़ी पीठ पर।

उस रात बहुत देर तक सोचता रहा वह। उसने चाचा से सच

कहा था। सचमुच बहुत डरपोक था वह। पिछली साल उनके शहर में दंगा हो गया था। पूरे शहर में कर्फ्यू लग गया। उनके इलाके में हालाँकि कोई वारदात नहीं हुई लेकिन कर्फ्यू की चपेट में उनका मुहल्ला भी आ गया था। वे बहुत मुश्किल दिन थे। रात-रात भर जागता रहता वह। दूर-दराज से आनेवाली चीख-पुकार और धमाके की आवाजें रात के सन्नाटे में वहाँ तक पहुँचते-पहुँचते जैसे कई गुना बढ़ जातीं और वह बैचेन हो उठता। उसे लगता कि कोई उसके घर के नीचे ही चीख रहा हो। गोलियों की आवाजें जैसे पड़ोस के किसी मकान से आ रही हों। सभी घरों के लोग परेशान और डरे हुए थे। लेकिन उस जैसी हालत शायद और किसी की नहीं थी। उसका तो खाना-पीना और सोना भी दूभर हो गया था। सब लोग उसका खूब मजाक उड़ाते।

कुछ दिनों बाद शहर के अन्य इलाकों के साथ उनके मुहल्ले में भी फौज की तैनाती हो गई। जब से दस सिपाहियों की एक टुकड़ी उनके मुहल्ले में आई, चारों ओर लोगों को सुकून हो गया। अब लोगों की दिनचर्या में इत्मीनान था। यूँ कर्फ्यू की वजह से बाहर आने-जाने में बंधन था। कुछ और परेशानियाँ भी थीं लेकिन लोगों के मन में भय न था। रात में वे चैन की नींद सोते थे।

लेकिन उस लड़के के मन में तो अभी भी सुकून नहीं था। अजीब तरह की बेचैनी उसके अंदर भर गई थी। सिपाहियों की टुकड़ी जब उसके घर के पास से गुजरती तो उनके भारी बूटों की आवाज उसे किसी अनजाने युद्ध क्षेत्र में खींच ले जाती। अपनी कल्पना में उसे लगता जैसे किसी भारी-भरकम फौज के सामने वह निहत्था खड़ा है। बूटों की खट्-खट्-खट् जैसे तोप के गोले बनकर उसके माथे से आर-पार हो जाते। वह घबड़ाकर खिड़की का पर्दा सरकाकर उन्हें देखता रहता जब तक वे आगे मोड़ पर जाकर आँखों से ओझल न हो जाते।

"ये लड़का तो पगला गया है। न रात चैन और न दिन में आराम।" उसकी माँ उसे देख-देख कर परेशान होती। "अरे कुछ काम-धाम कर। खाली बैठे-बैठे किताबें पढ़ते रहने से यही होगा।"

तब वह सचमुच अपने निकम्मेपन पर खीझने लगता। अपने डरपोक स्वभाव पर उसे शर्म आने लगती और फिर किताबों के बीच मुँह डाल कर बैठ जाता।

उस दिन सवेरे जब वह सोकर उठा, तो बहुत खुश था। जैसे कोई अच्छी किताब पढ़ने के बाद बहुत दिनों तक मन में खुशी और ताजगी भरी रहती है। उसने खिड़की का पर्दा सरकाया। मौसम भी उसके मन जैसा ही शांत और खुशगवार था। सफेद बगुलों का एक झुंड उड़ता हुआ तेजी से उसके सामने से गुजर गया। उनके सफेद पंख सूरज की कच्ची धूप में चाँदी की तरह चमक रहे थे। वह मुग्ध भाव से देर तक उस ओर देखता रहा जिस दिशा में वह उड़ते हुए चले गए थे। अचानक चिटिर-चिटिर की तेज आवाज ने उसका ध्यान तोड़ा। नीचे लॉन पर दो टिटहरियाँ लड़ रही थीं। थोड़ी दूर पर टिटहरी के दो बच्चे दुबके हुए थे। बीच-बीच में वे बच्चे चोंच उठाए आगे बढ़ते और फिर अपनी जगह पर वापस आ जाते। उन्हें संभवतः अपनी माँ के पराक्रम पर पूरा भरोसा था इसलिए निश्चिंत थे। सचमुच थोड़ी देर बाद मादा टिटहरी ने उस आनेवाली टिटहरी को चोंच मार-मार कर भगा दिया। अब वह इत्मीनान से अपने बच्चों के साथ घूम रही थी और दाना चुग रही थी। उसने खिड़की बंद कर दी और सीटी बजाता हुआ कॉलेज के लिए तैयार होने चल दिया।

दिन बीता और शाम हो आई। आज उसकी क्लास देर तक थी और उसके घर लौटने का समय हो गया था। तभी उसका एक दोस्त उसे पूछता हुआ आया। पता चला कि घर से थोड़ी दूर, पीली कोठी के पास बहुत भीड़ थी। शायद कुछ झगड़ा हो गया था। वहीं सड़क के किनारे उसका स्कूटर खड़ा था लेकिन उसे वहाँ न देखकर दोस्त उसे पूछता हुआ घर चला आया। यह सुनकर उसकी माँ घबड़ा गई। सड़क के किनारे स्कूटर खड़ा करके कहाँ चला गया वह ?

"तुम बेकार फिक्र कर रही हो माँ। सड़क पर भीड़ होगी और

निकलने के लिए रास्ता नहीं होगा, इसलिए भैया स्कूटर वहीं खड़ा करके इधर-उधर कहीं चले गए होंगे।'' बहन ने पूरे विश्वास के साथ कहा।

''हाँ। ऐसा ही हुआ होगा। मैंने सोचा कि कहीं वह झगड़े में न फँस गया हो। वहाँ मैंने लल्ला के आदमियों को भी देखा था। बहुत फसादी हैं वे लोग, इसलिए मैं घबड़ा गया और उसे तलाश करता हुआ यहाँ पूछने चला आया।'' उसके दोस्त ने भी राहत महसूस की।

''भैया ऐसे मामलों में बहुत समझदार हैं। बिना बात लड़ाई-झगड़ों में नहीं पड़ते।'' और बहन हँसने लगी। उसका दोस्त वापस चला गया।

लेकिन, थोड़ी देर बाद उनका आँगन लोगों से भरा हुआ था। चारपाई पर वह डरपोक और निकम्मा लड़का खून में नहाया हुआ पड़ा था। उसकी अधमुँदी आँखें शायद कोई सपना देख रही थीं। फूलों से भरा कोई बगीचा, कोई झरना-नदी या पहाड़ियों के बीच बसी कोई खुशनुमा शांत वादी या फिर कोई लड़ाई का मैदान और आमने-सामने डटी हुई फौजें...बूट पहने हुए सिपाही...लल्ला और उसके आदमी...धाँय-धाँय छूटती हुई गोलियाँ...गरजती हुई तोपें...। पड़ोस का डॉक्टर जिसने अभी-अभी उसे एक इंजेक्शन दिया था, अब उसकी नब्ज टटोल रहा था।

हाँफते-काँपते, टूटे-फूटे शब्दों में उसके दोस्त ने बताया कि वह कॉलेज से लौट रहा था। पीली कोठी के बगलवाले मकान के सामने लल्ला अपने साथियों के साथ मौजूद था। वे लोग उस मकान को खाली कराना चाहते थे और कई दिनों से कोशिश कर रहे थे। उस मकान में एक बेवा अपनी लड़की के साथ रह रही थी। लगभग दो साल पहले उस लड़की के पिता का देहांत हो चुका था। लल्ला दो-तीन बार पहले भी उन औरतों को धमकी दे चुका था, लेकिन उसका उन पर कोई असर नहीं हुआ। वह सरकारी मकान था जिसका वे लोग नियमित रूप से किराया दे रहे थे। आज शाम को वह लड़की टाइप स्कूल के लिए निकल रही थी कि तभी लल्ला और उसके आदमियों ने उसे घेर लिया। उसके कपड़े खींचते हुए वे उस लड़की को सरेआम बीच सड़क पर बेइज्जत करना चाहते थे। एक बार इस तरह बेइज्जती होने के बाद

वे औरतें आसानी से मकान छोड़कर चली जातीं।

वह कॉलेज से लौटता हुआ उधर से गुजरा। उस लड़की को घेरते हुए और बेहूदगी करते हुए उन लोगों को उसने देखा। वह आगे निकल चुका था जब उस लड़की और उसकी माँ के चिल्लाने तथा पुकारने की आवाज उसके कानों में गूँजी। आगे बढ़ते-बढ़ते वह फिर पलट कर पीछे आया। उसने देखा कि आस-पास खड़े कुछ लोग सिर्फ तमाशा देख रहे हैं। कुछ सेकंड खड़ा वह भी उन लोगों को देखता रहा। लल्ला पहले भी इस तरह की हरकतें कर चुका था। उसे लल्ला से बेहद नफरत थी। तभी लल्ला के एक साथी ने उस लड़की के पूरे प्रतिरोध के बावजूद उसकी साड़ी खींच कर अलग फेंक दी। यह सब देखते हुए उसे लगा कि उसका दम घुट रहा है। एक फंदा-सा कसने लगा उसकी गरदन के चारों ओर जिसका छोर लल्ला खींच रहा था। बीच सड़क पर बैठी और रोती-चिल्लाती उस लड़की और उसकी माँ को इस हाल में छोड़कर वह अगर आगे बढ़ गया तो उसकी गरदन पर लगा फंदा कसता ही चला जाएगा और वह घुट-घुट कर मर जाएगा। उसे लगा कि उसके पैर पत्थर के हो गए हैं। किसी तरह इस मौके से भाग भी गया तो वह जी नहीं पाएगा जिंदगी भर···

उसने स्कूटर बंद करके वहीं खड़ा कर दिया। दोनों हाथों से अपनी गरदन के चारों ओर लगे अदृश्य फंदे को जैसे अलग किया और सीधा घुसता चला गया, उन लोगों के बीच में, अभिमन्यु की तरह।

मुहल्ले के सबसे दब्बू और डरपोक लड़के को सीधा अपनी ओर आते देखकर लल्ला और उसके साथी एक बारगी अचकचा गए। पागल तो नहीं हो गया वह···शायद लल्ला से कुछ कहने आ रहा हो···उन लोगों ने सोचा। जब डर से काँपती हुई उस लड़की का हाथ पकड़कर और उसे घेरे हुए लड़कों को धक्का देकर हटाते हुए वह घर के अंदर जाने लगा तब उन लोगों की समझ में कुछ आया। उन लोगों ने अब उसे घेर लिया और उसके ऊपर पीछे से वार किया···फिर तो बहुत कुछ हुआ। वही जो ऐसे मौकों पर होता है। हाँ ! उन बदमाशों के बीच उसे इस

तरह घुसता देखकर भीड़ अब उसके चारों ओर जुट आई। चोट खाकर वह तो जरूर नीचे गिरा लेकिन अब लोगों में हिम्मत आ गई थी और वे लल्ला और उसके साथियों से भिड़ गए थे···

लोग उसकी हिम्मत की दाद दे रहे थे और उसका कारनामा बखान कर रहे थे। उसकी माँ सुन रही थी और उसकी आँखों से जारो-कतार आँसू बह रहे थे। बेहोश पड़े बेटे के सिर पर हाथ फेरते हुए वह सोच रही थी कि उसका इंजीनियर बेटा आएगा। फिर नाराज होगा—"रहा न परले दर्जे का मूर्ख। एक अनजान लड़की के पीछे इस तरह जान गँवाना···क्या अक्लमंदी है ? ऐसे किस्से तो हमेशा, हर गली-मुहल्लों में होते रहते हैं। लेकिन इस निकम्मे लड़के की तरह कोई अपनी जान खतरे में नहीं डालता···"

एकाएक अजीब शर्म से भर गई माँ। अरे, यह उल्टा-सीधा क्या सोचने लगी मैं···उसने जोर से सिर झटका। बेटे के सिर पर हाथ फेरते हुए उससे लिपट गई वह।

"माँ। एंबुलेंस आ गई"···बहन ने आकर खबर दी।

वारिस

उसकी आँखों के सामने धुंध छाने लगी। धुआँ ही धुआँ भर गया हो जैसे चारों ओर। पहले तो लगा कि वह ओलों की बारिश में घिर गया है, फिर उसका पूरा शरीर आग की लपटों से घिरने लगा। उसके पोर-पोर से गर्म लावा बह रहा था। वह चेतनाशून्य हो रहा था। तड़पकर एक बार कोशिश की उसने ऊपर आने की। उसके शरीर की नसें तड़कने लगीं। फिर कोशिश की। लगता था जैसे पिघले सीसे के उबलते समुद्र में हाथ-पैर चला रहा है वह। उँगली हिलाना मुश्किल था। लेकिन ऐसे तो नहीं डूबना है···हाथ-पैर चलाने ही होंगे···अंततः रोशनी का हल्का-सा आभास हुआ उसे···बंद कमरे की किसी झिरी से रोशनी का हल्का-सा कतरा झाँका था।

शहर की सीमा में घुसते ही जैसे बदशगुनी हुई हो, एक गड्ढे में बुरी तरह धक्का खा गया था गाड़ी का पहिया।

कल मुकदमे की पेशी हुई थी। उसके बाद शाम को चलना मुनासिब न समझा उन लोगों ने, इसलिए रात वहीं बिताकर तड़के सवेरे चल दिए थे वह लोग।

गाड़ी के धक्के के साथ ही वह हड़बड़ा गया था। शायद नींद का झोंका आ गया है—यह ख्याल आने पर वह सीधा हो गया था। तनकर बैठ गया था। बगल में बैठे जीत सिंह पर नजर डाली। कमर में रिवाल्वर लटकाए वह हमेशा की तरह चुस्त-दुरुस्त बैठा था। एक लंबी साँस ली

उसने और खिड़की के शीशे पर नज़र गड़ाए बाहर देखने लगा।

मन कुछ डाँवाडोल-सा था, अंदर जमे हुए ठोस इस्पात के भीतर। यह ठीक नहीं है—तनिक भी ठीक नहीं। उसने अपना ध्यान सही खूँटे पर बाँधना चाहा; तभी दिल भी बँधा रहेगा। मुकदमा…वीरी सिंह का लड़का विजयपाल…कचहरी…वकील…और सामने उसके वकील भटनागर का चेहरा तैर गया। हत्या और डकैती सहित सारे और बड़े शामिल कर लें तो पंद्रह सोलह मुकदमे तो होंगे ही उसके ऊपर। कुछ सही तो कुछ एकदम झूठे। लेकिन सत्ता और शक्ति…इसका भोग करना भी हँसी खेल नहीं। सत्ता के लिए ताकत चाहिए। ताकत के साथ खतरे जुड़े होते हैं…कदम-कदम पर अपना करिश्मा दिखाता हुआ भाग्य होता है। अगर ताकत है आपमें…हिम्मत है, भाग्य भी आपके कदमों के नीचे होगा। ताकत और भाग्य अगर साथी हों तभी सत्ता मिलती है। 'पॉवर…बिग पॉवर'। ताऊजी वहीं मन के किसी कोने में बैठे थे—पूर्ण आश्वस्त। मुट्ठी भींच एक जोर की धप् मारी उसने आगे की सीट के ऊपर।

'बिग पॉवर्स…महाशक्तियाँ…युद्ध…विश्वयुद्ध…एटमबम…' ताऊजी गायब हो गए और बच्चों की आवाज गूँजने लगी कानों में। बहुत धीमी…किसी भूले हुए सपने की तरह ! पॉवर गेम फिर शुरू हो गया था। स्कूल का मैदान दो पालों में बँट गया। और भीड़ के बीच खेल शुरू हो गया था।

भटनागर का चेहरा फिर सामने घूमने लगा था। मेले की भीड़ में भटक रहे बालक को जैसे अचानक कोई पहचाना-सा चेहरा दीख जाए। भटनागर ! मुरादाबाद का मशहूर क्रिमिनल वकील ! वह कचहरी में पहुँच गया था और गाड़ी के भीतर बैठा इंतजार कर रहा था अपने कुछ लोगों का ! भटनागर की गाड़ी रुकी थी। काले शीशे के पार से उसने भटनागर को उतरते देखा था। भीतर उसका पंद्रह-सोलह साल का लड़का बैठा था। लड़का भी निकल कर बाहर आया। उसने अपने डैडी से कुछ कहा। भटनागर हँसा था जोर से। जरा-सा पीछे को झुका सिर, मुँदी हुई आँखें, फैला हुआ मुँह। कहकहा लगाया था उसने और बेटे का कंधा थपथपाया था जोर से। बेटा भी हँसता रहा और फिर गाड़ी के भीतर बैठ गया।

ड्राइवर ने गाड़ी वापस मोड़ ली थी।

कहकहा हर कोई नहीं लगा सकता। बहुत-से लोग तो पूरी जिंदगी मुस्कराते तक नहीं। दिल और दिमाग साफ हों तभी झरने जैसी हँसी बहती है।

इस पूरी बात में कुछ भी असामान्य या अजूबा नहीं था। बेहद मामूली बात। वीरी सिंह···उसका परिवार···हत्या जमीन का मुकदमा···कचहरी···इसके साथ-साथ···भटनागर···उसका जवान होता बेटा···आपसी स्नेह की दूधिया हँसी···बार-बार बिखरकर फैल रही थी।

सुरेंद्र ! कब से नहीं हँसा वह इस तरह ? जमाना बीत गया। मनोज को कब से नहीं देखा उसने आमने-सामने ? याद भी नहीं, बेटे के सिर पर हाथ फेरना···कंधा थपथपाते हुए कोई आपसी बात···मजाक ! संभव ही नहीं, उसने मनोज को यथा-संभव अपने पास से, घर के माहौल से दूर रखा था।

उसने सिर झटका। कीड़े जैसा रेंगता विचार छटककर दूर जा पड़ा। 'जो हँसा सो फँसा' जैसा सिद्धांत उसके यहाँ भी चलता है यानि 'जिसने सोचा वह गया काम से'। उसके यहाँ है सिर्फ एक्शन ! सोचना-विचारना मना है। इससे आदमी कमजोर होता है। दौड़ो···भागो···एक्शन···एक्शन···फिर दौड़···फिर भाग···एक्शन पैक्ड जिंदगी···

गाड़ी भीड़-भाड़वाले बाजार के रास्ते से गुजर रही थी—सब्जी मंडीवाली सड़क। आगे गुमटी पर प्याऊ, थोड़ा आगे एक गली। दोनों ओर दुकानें। लकड़ी के खोखे, जमीन में सामान फैलाकर बैठे सब्जीवाले, कुछ फलवालों के ठेले।

सोरन सिंह ने एकाएक गाड़ी रोकी थी।

"क्या हुआ चचा ! रुक क्यों गए यहाँ ?"

"भैयाजी, अभी आता हूँ एक मिनट में। पेशाब कर आऊँ जरा !"

"यही जगह मिली थी तुम्हें चचा ! आगे रोकियो।"

"यहाँ बाजार में ठीक है भैयाजी ! कुछ ट्रबुल हो गया साला गुर्दों में। प्रेसर ना रुकता।"

इंजन चालू था। गाड़ी से उतरकर वह गली के सिरे पर एक खोखे

के पीछे चला गया। जीत सिंह एलर्ट बैठा था। उसका उनींदा-सा मूड देखकर बोला, "भैयाजी, मन हो तो निकालूँ कुछ ? एक बोतल तो बची है।"

एक क्षण को कुछ सोचा उसने और फिर मना कर दिया—

"नहीं, रहने दो अभी।"

जीत सिंह ने खिड़की का शीशा जरा-सा उतारा और मुंडी बाहर निकालकर इधर-उधर देखने लगा। फिर उसने जेब से काला चश्मा निकालकर चेहरे पर सजा लिया और दरवाजा खोलने का उपक्रम करने लगा। एक हाथ कमर में लटकी रिवॉल्वर के ऊपर बरकरार था।

"भैयाजी, वो देखो तरबूज ! भौजी कह रही थीं परसों।"

"स्साले !" एक हल्की-सी मुस्कराहट छू गई उसके होठों को और मूँछों में छिप गई। "जल्दी लेकर आ अपनी भौजी के देवर।" जीत सिंह को बाहर करके उसने दरवाजा बंद कर लिया। फिर अपनी जेब में रखे रिवॉल्वर को थपथपाया जैसे आश्वस्त किया हो। अब अपने इलाके में चल रहे थे वे लोग, इसीलिए वह स्वयं भी आश्वस्त था।

इसके बाद जो कुछ हुआ वह किसी ख्याल से भी ज्यादा तेजी से घटा था। प्रकाश की गति से तेज एक्शन हुआ था। जीत सिंह मुश्किल से तीन-चार कदम आगे गया था। गाड़ी की ओर आता सोरन सिंह कार के बोनट से लगभग दस कदम की दूरी पर था, अचानक उठे तेज अंधड़ की तरह तीन नौजवानों सहित वह मोटरसाइकिल खिड़की के पास आई थी। पीछे बैठे दो लोगों ने गोलियों की बौछार से गाड़ी का शीशा छलनी कर दिया था। तड़…तड़…तड़…तड़…जैसें ओले बरस रहे थे। सोरन गाड़ी के बोनट के नीचे दुबक गया। जीत सिंह पलटा लेकिन उसे रुक जाना पड़ा। सुरेंद्र का हाथ जेब में गया तो लेकिन बाहर नहीं हो पाया। इतना मौका ही नहीं दिया उन नौजवानों ने। चारों ओर लोगों को आतंकित करते-इधर-उधर हवा में गोलियाँ छटकाते…लोगों को धमकाते और चेतावनी देते वे तो यह जा…वह जा…आँख से ओझल हो गए थे।

अपना हथियार न निकाल पाने की मजबूरी में सुरेंद्र ने कोशिश की थी कि वह पलट जाए सीट पर और नीचे गिर जाए। काफी सफल

भी हुआ था वह। चेतनाशून्य होते-होते उसके दिमाग में कौंधा था—"कौन था भेदिया···कौन गद्दार था ?"

चारों ओर दहशत ने मानों वातावरण बाँध दिया हो। लोग स्तंभित थे। हत्यारों के भाग जाने के बाद ही भगदड़ शुरू हुई थी। कुछ लोगों ने अब चीखना और चिल्लाना भी शुरू कर दिया था।

सोरन सिंह अब सीधा खड़ा हुआ। भीतर तक हिल गया था वह। अपने को सँभाला उसने और फिर चीते-की-सी फुर्ती से कार का दरवाजा खोला। खून से लथपथ पीठ के बल पड़ा हुआ सुरेंद्र पीछे की सीट पर था। उसका सिर और कमर तक शरीर सीट से नीचे लुढ़का हुआ था।

जीत सिंह भी अब तक आ चुका था। उनके चेहरे जैसे पत्थर हो गए थे। दोनों ने चेतनाशून्य सुरेंद्र को उठाकर सीट पर व्यवस्थित किया। सोरन सिंह ने कूद कर ड्राइवर की सीट सँभाली और गाड़ी दौड़ानी शुरू की। वहाँ रुकना नए खतरों को बुलाना होता। जीत सिंह चेतनाशून्य सुरेंद्र की नब्ज टटोल रहा था। नाक के पास उँगलियाँ घुमाता सीना टटोल रहा था।

"सीधे हवेली ले चलो चचा ! तेज···बहुत तेज ! बहुत नुकसान हो गया।"

सोरन के जबड़े भिंचे हुए थे। उसने कोई जवाब नहीं दिया। सिर्फ बेरहमी के साथ एक्सीलरेटर दबा दिया था। लोगों का शोर-गुल, दौड़-भाग, कयास···धूल और धुएँ के गर्द-गुबार के साथ ही कहीं पीछे छूट गए थे।

सड़क पर छूटा हुआ गुबार हवेली में भर गया था—बर्फीला सर्द गुबार जिसमें रोने की इजाजत नहीं होती।

सुरेंद्र भैयाजी के सभी सहयोगी वहाँ इकट्ठा थे। छत पर और बाहर के कमरे में चौकन्नी आँखें सावधान थीं। एक खतरनाक खामोशी ने पूरी हवेली को घेर रखा था। दो गाड़ियाँ लगातार दौड़ रही थीं। आस-पड़ोस से डॉक्टर वहाँ लाए जा चुके थे। उम्मीद बाकी थी।

उम्मीद बाकी न होती अगर सुरेंद्र ने हथियार डाल दिए होते। चेतनाशून्य शरीर लिए। साँसों के आखिरी दौर में भी वह लड़ रहा था। जिंदगी के एक-एक कतरे के लिए लड़ रहा था। कितने हिस्सों में बँट गया था उसका पूरा वजूद। वह उड़ रहा था आकाश में। एक अनंत यात्रा पर चल पड़ा था वह ! तीनों लोकों में विचरता, हर कोने में झाँक रहा था। समय सीमा के पार बह रहा था, हवा की तरह। कभी बचपन के आँगन में घूम रहा था तो कभी भविष्य के दरवाजे पर दस्तक दे रहा था, अपनी चंद साँसों की मोहलत के लिए प्रार्थना करते-करते फिर वर्तमान में लौट आता था। रास्ता मिल जाता तो पलकों के दरीचों से झाँकने लगता। धुंध की मोटी दीवार के पीछे से कई परिचित चेहरे धुँधलाने लगते, तभी अचानक फिर छलाँग मारकर ऊपर पहुँच जाता—ब्रह्मांड की सतह पर।

कभी गजब की ठिठुरन होने लगती। सर्द हवाओं में जैसे खून जमने लगता···और कभी भीषण गर्मी से उसका पूरा अस्तित्व जलने लगता, लगता कि भाप बनकर उड़ रहा है। बेहद गर्मी।

सुमित्रा भौजी !! पहली बार अपने मालिक के मुसाहिबों, चेलों और साथियों के बीच इस तरह बैठी थी—सारी शर्मो हया छोड़कर। मौत से जूझते पति के जीवन की आखिरी चंद घड़ियों की सेवा ही उसके बाकी जीवन का संबल बनेगी, इसका अहसास उसे हो चुका था, दिन के उजालों में उसकी शक्ल देखना···उसका स्पर्श···उनके बीच घटनेवाले नितांत निजी क्षण···उँगलियों पर गिनने लायक थे। वह उसका पति था केवल, उसका मालिक—निजता की किसी खुशबू का नाम···पीछे याद आने पर कोई मुस्कराने शरमानेवाला क्षण···उसकी जिंदगी की किताब में अब तक कहीं दर्ज नहीं हुआ था।

ये क्षण अब अविस्मरणीय बन जाएँगे क्योंकि वह उसके इतने पास थी जिनकी यादों के सहारे उसे आगे की जिंदगी काटनी थी। इतने ढेर सारे लोगों के होते हुए भी वह उसके इतने पास बैठी थी। उसका मुँह निहार रही थी। डॉक्टर चीर-फाड़, दवा-पट्टी कर रहे थे। खून चढ़ाने की बात हो रही थी। अभी एक और इंजेक्शन दिया था डॉक्टर ने।

थोड़ा चैन पड़ा था शायद।

सुमित्रा के दिल में एक हूक-सी उठी। उससे रहा नहीं गया। उसने सुरेंद्र का हाथ अपने हाथ में ले लिया और धीरे-धीरे सहलाने लगी। उसकी आँखों से आँसू टपक रहे थे। पहली बार उसने देखा था, सुरेंद्र का हाथ चौड़ा चकला था लेकिन उँगलियाँ कितनी लंबी थीं। हाथ सख्त तो था लेकिन ऐसा फौलादी पत्थर भी नहीं जैसा लोग कहते थे।

उसे पहली बार पहचान रही थी वह लेकिन बहुत बड़ी कीमत के साथ।

सुरेंद्र भी तो अपने को पहचान रहा था। पहचान का सूत्र वही था जो उसके मन में गाँठ डाल गया था। वही कचहरी में वकील भटनागर...उसका बेटा...बाप-बेटे के बीच की हँसी...वह ठहाका ! वही गाँठ लिए उसका मन उड़ रहा था। लड़ाकू हवाई जहाज की तरह कलाबाजियाँ खाते हुए उसकी स्मृतियाँ तैर रही थीं। भूत-भविष्य, वर्तमान की सीमाओं को तोड़कर बह रहा था छोटा सुरेंद्र। अपने बब्बा की उँगली पकड़कर चलता उनका नन्हा सोनू। बब्बा शहर के हाईस्कूल में मास्टर, घर में माँ—सीधी-सादी।

"सोनू की माँ ! बहुत तेज है तेरा बेटा। एक बार जो बता दो भूलता नहीं कभी।"

माँ की मुस्कराहट। सिर पर लहराकर उसे छिपा लेता माँ का आँचल।

अपनी मित्र मंडली के बीच बब्बा की बहसें। बातचीत ! वह मौजूद रहता।

"माँ ! बब्बा भी बहुत होशियार हैं। सब कुछ जानते हैं ! सबको चुप कर देते हैं बब्बा।"

और बब्बा उसे कंधे से ऊपर उठाकर हँस पड़े थे—जोर का ठहाका फिर भींच लिया था उसे बाँहों में।

कभी-कभी वह बब्बा की तरह पूरा मुँह खोलकर जोर से हँसने

की कोशिश करता—"हा ! हा ! हा ! हा !" उसके बब्बा की हँसी···भटनागर का ठहाका···उसके बेटे की मस्ती···जैसे हवा में तैर रही थी उसके साथ-साथ।

दर्द की लहर फिर उठी। उमड़ने लगी थी पूरे शरीर में। तैरते-तैरते वह फिर ऐंठने लगा। धाँय···धाँय···ठाँय···ठक!···आह ! ठहाके···जख्मी होकर भौं-भौं करने लगे। कहकहे आकाश में विलीन हो गए और पिशाचों का अट्टहास तेज होने लगा। आकाश ऊपर तक धुएँ से भर गया। सारा धुआँ उसके फेफड़े में भरने लगा। उसका दम घुटने लगा। साँस फिर उखड़ने लगी। हिच्चू···हिच्चू···"

"डॉक्टर ! डॉक्टर साहब ! कहाँ गए ! हिचकी आ रही है इन्हें।" सुमित्रा ने साँस उखड़ते देखा तो बेचैन होकर चिल्लाने लगी।

फिर से दवा···फिर इंजेक्शन। डॉक्टर और क्या कर सकते हैं। टूटी साँसों का सफर जितनी देर आगे बढ़ सके, खींचने में सिर्फ मदद कर सकते हैं।

इंजेक्शन ने असर दिखाया। आराम मिला। घायल मन ठंडे पानी के सोते में डुबकी लगाने लगा। ठंडा-ठंडा जल ! कितना सुखद है···।

गर्मी की छुट्टियाँ ! मुँह अँधेरे नहर के पानी में नहाता···पानी उछालता सुरेंद्र।

दौड़ते हुए खेतों के बीच जा पहुँचा है अब। सवेरे के वक्त ओस में भीगी मिट्टी की सोंधी महक। बंबे की तरफ खेतों में धलधल करता दौड़ता पानी का रेला। छुट्टियों में गाँव आया है सुरेंद्र। लगता है जैसे कोई उत्सव हो। हर रोज खाने में नई चीज ! कभी खीर, कभी घी में डूबी दाल बाटी···।

"खा ले, खा ले ! तेरा मास्टर बाप तुझे शहर में क्या खिलाएगा—सूखी रोटी—हैं ?"

कौन बोल रहा है यह ? उसे नहीं खाना है कुछ, वह जा रहा है यहाँ से, गाँव से। और वह फिर उठने लगा आकाश की ओर। ऊपर ही रहेगा वह। नीचे नहीं रुकेगा। लेकिन लगता था उसके हाथ-पैर नहीं चल रहे हैं। वह नीचे आने लगा था। कोई खींच रहा था उसे। वह फिर

डूबने लगा। फिर अँधेरा··घना कालापन··किसी ने उसे उठाकर नीचे पाताल में फेंक दिया था और वह टूटे तारे की तरह चूर-चूर होता नीचे जा रहा था।

"उठाओ"···उठाओ इसे। गिरने मत दो। उठाओ···" कोई कह रहा था।

कौन ? ताऊजी खड़े हैं ऊपर। दोनों हाथ फैलाए। लंबे-ऊँचे चौड़े-चकले। बड़ी घनी मूँछें, लालपुर के ग्राम प्रधान। कितनी ही जमीनों के मालिक। ढेरों मुकदमों में वादी-प्रतिवादी। सिर्फ इशारे। हरफों का खेल। जमीन इधर से उधर जाती। वारे-न्यारे हो जाते। कोई बन जाता। कोई मिट्टी चाट जाता।

"उठाओ—ताऊजी की कड़कदार आवाज। मंगलू, मातादीन, रामसिंह ताऊजी के लठैत। वे भाग रहे थे उसके पीछे, उसे ऊपर उठाने के लिए।

"उठाओ मंगलू, माता प्रसाद। उठाओ उसे। नीचे गिरने मत देना। वारिस है यह मेरा—खानदान का वारिस।"

"नहीं ! वारिस नहीं बनना है बब्बा ! बचाओ मुझे वारिस नहीं बनना है। मुझे पढ़ना है, खूब पढ़ना है। आप जैसा होशियार बनना है। पढ़ाना है मुझे आपकी तरह···"

"भाई साहब !" किसी कोने से बब्बा निकल आए थे और चीख रहे थे। "हम रूखी-सूखी खाकर शहर में ही रहेंगे। हमें नहीं चाहिए आपकी विरासत। आप जबरदस्ती करेंगे तो हम गाँव आना ही छोड़ देंगे।"

"तू मेरा भाई तो कहीं से नहीं लगता वीरेंद्र। हमारे खून में खोट कहाँ से आ गया ? सुन ले कान खोलकर। सुरेंद्र सिर्फ तेरा बेटा नहीं है, खानदान का वारिस भी है। तेरी भाभी चल बसी। मैंने दोबारा ब्याह नहीं किया। तेरा भतीजा पानी में डूब गया। मैंने दिल पर पत्थर रख लिया। तुझे देखकर और तेरे सुरिंदर को देख कर जी लिया मैं। तू चाहता है यह सारी जायदाद मैं यूँ ही बिखरने दूँ, चील कौओं में बँटने दूँ।"

"ये खून-खराबे। ये झूठी-सच्ची मुकदमेबाजी। हमारे बस की नहीं

है भाई साहब। ये हमें फलेगी भी नहीं।"

"अरे वीरेंद्र, मेरे भाई, ये सब ताकत की निशानी है। यही ताकत जिंदगी है। जिंदगी का सत्त है रे। ताकत है तो दुनिया पर राज करेगा। वरना दो कौड़ी का भी न पूछेगा कोई। ऐसे कीड़े-मकोड़े रोज पैदा होते हैं और रोज मरते हैं···चल सुरेंद्र उठ ! अभी नीचे जाने का वक्त नहीं है रे तेरा। उठ ऊपर···" और दो मजबूत हाथों ने उसे उठा लिया नीचे से। ताऊजी के पंजों में फँसा वह ऊपर उठता जा रहा था। वह हाथ-पैर फेंक रहा था। छटपटा रहा था और विनती कर रहा था···उसका चीखना-चिल्लाना सुनकर सर्द कर देनेवाले अंदाज में ताऊजी ठठाकर हँस पड़े। फिर उन्होंने उसे ऊपर उछाल दिया, आकाश की ओर-'जा मजे कर। खेल कूद। इतनी आसानी से डूबने नहीं दूँगा मैं अपने वारिस को···'

ऊपर आकाश में आकर वह लटक गया था-उल्टा। त्रिशंकु की तरह। वह हाथ-पैर चला रहा था लेकिन अटका पड़ा था वैसे ही। टस से मस नहीं हो रहा था वह अपनी जगह से। हाथ-पैर चलाते मुक्त होने के लिए कोशिश करते-करते वह थक गया। हाँफने लगा वह। साँस फिर जोर-जोर से चलने लगी।

सुमित्रा देख रही थी। एक-एक पल के लिए हो रहा संघर्ष वह देख रही थी। पसीने से सराबोर चेहरे को उसने आँचल से पोंछ दिया।

सुरेंद्र की आँखों में फिर कुछ हरकत हुई। उसके होंठ हिले थे। 'वारिस···वारिस' वह सिर हिलाकर बार-बार ताऊजी को मना करना चाहता था।

"भौजी ! बुरा न मानो तो कहूँ। कोशिश तो पूरी हो रही है। लेकिन इस मौके पर मनोज लल्ला को बुला लेने में कोई हर्ज नहीं है।"

"आदमी भेज दो गाड़ी लेकर। कल तक आ जाएगा। कह देना कि उसके पापा की हालत सीरियस है। आ जाए स्कूल से दो दिन की छुट्टी लेकर।"

मनोज-बेटा मनोज···जमाना बीत गया उसे ठीक से देखे। अबकी

आएगा तो भटनागर की तरह अपने साथ रखेगा उसे। बब्बा की तरह अपने साथ घुमाएगा। लेकिन कहाँ ? कहाँ ले जाएगा अपने साथ ? घूमना-फिरना···सवेरे की मस्त बयार···नहर का ठंडा पानी···शाम को डूबते सूरज की लाली के साथ लौटते हुए गाय-भैंसों के रेवड़ की बजती घंटियाँ ! सब खो गईं कचहरी के गलियारों में। गोलियों के धुएँ में विलीन हो गया सब हँसना···हँसाना।

कितना मुक्त है आज सुरेंद्र। कोई जिरह बख्तर नहीं है। जूते-मोजों में ठुँसी पिस्तौल या चाकू नहीं है। तकिए के नीचे से चुभती कोई रिवाल्वर की नाल भी नहीं है। बिना किसी आवरण···किसी आलंबन के उड़ रहा है वह। सूक्ष्म आत्मा की तरह उसका शरीर हल्का है और मन स्वतंत्र है। ऐसे ही उड़ता रहेगा। विचरता रहेगा शून्य में। कितनी शांति है यहाँ, फूलों की खुशबू फैली है। गुलाब महक रहा है कहीं।

"भौजी ! साँझ हो रही है। अगरबत्ती हो तो जलाकर रख दो भैयाजी के सिरहाने।"

मुट्ठी भर अगरबत्ती सुलगाकर ले आई सुमित्रा। पूरा कमरा, बाहर का दालान, भीतर आँगन···सब महक उठा गुलाब की खुशबू से।

सुमित्रा की आँखें भर आईं। साँझ की दीया-बत्ती का ध्यान इससे पहले कभी किसी बंदे को नहीं आया था। उसके घर में रात और दिन की परिभाषा ही बदल गई थी। जब भैयाजी घर पर होते तब दिन और जब न होते तो रात हो जाती। हवेली के वारिस की बहू···हर खटके पर उठ जाया करती। यह खटका रात को बजनेवाले कंगन या पायल का संगी-साथी न होता। कभी किन्हीं भूले-बिसरे क्षणों में उसके साथी का साथ भी मिलता तो उसमें फूलों की गमक न होती। भीतर आत्मा तक भर जानेवाली नशीली तेजाबी गंध होती। उस वक्त वह उसका सिर्फ मालिक होता। तेज अंधड़ की तरह अपनी मर्जी के मुताबिक वेग में बहा कर ले जानेवाला मालिक। यह अंधड़ कब और कहाँ खत्म होगा, कुछ पता न रहता सिवाय इसके कि आँधी के बाद वह एक निर्जन साँय-साँय करते टापू में पटक दी जाती। वहाँ से उठकर उसे खुद ही आगे का सफर पूरा करना होता। उसका मालिक जा चुका होता।

कितने युग बीत गए इस तरह निश्चिंत होकर, दुनिया जहान की चिंताएँ भुलाकर सोए। लेकिन इस तरह अपने होश और हवास गँवाकर वह निश्चिंत हो जाए—ऐसा भी किसी ने नहीं चाहा था। किस्मत की बात है सब। कभी-कभी लगता है कि हम ही अपनी दुनिया के मालिक हैं। जो चाहे, अपनी मर्जी से कर रहे हैं। लेकिन भाग्य हँसता है। उसे मालूम है कि अदृश्य डोरियाँ अपने हाथ में थामे ये प्रकृति अपना खेल खेल रही है। बब्बा जो लगातार जूझते रहे अपने आस-पास के मकड़जाल से—क्या कुछ कर पाए ? अचानक हुए उल्कापात को रोक पाए ?

बकौल ताऊजी के, यही ईश्वर को मंजूर था। बब्बा को शुरू की हल्की-फुल्की बीमारी कुछ महीनों बाद कैंसर की शक्ल में निकलकर आई। एक बार फिर जूझना पड़ा उन्हें···अब की बार इस जानलेवा बीमारी से जूझे लेकिन हार माननी पड़ी।

बब्बा नियति से हारे और उसके साथ ही सुरेंद्र अपनी जिंदगी से हार गया। उसकी हार ने उसके दिल और दिमाग को बंधक बनाकर रख दिया, ताऊजी की हवेली में। माँ और सुरेंद्र को गाँव आना पड़ा। ताऊजी अंततः विजयी हुए, वह अब वारिस था ताऊजी का।

अद्भुत संसार था वह। वहाँ पटवारी···तहसीलदार थे। किसान मजदूर थे। ताऊजी के संगी-साथी, उनके लठैत थे, लाठी थी, गोलियाँ थीं, चौपाल थी। भीतर का खास कमरा था। गाली-गलौज और हँसी-ठट्ठा था। शराब थी, कानाफूसियाँ थीं। बहुत कुछ था, न थीं वहाँ तो किताबें न थीं। इतिहास की तारीखें और नक्शे न थे। कहानियाँ किस्से न थे। कहानियाँ मुकदमों के बयानों में तथा किताबें फाइलों में तब्दील हो गई थीं।

यूँ पढ़ाई उसकी जारी थी। वहीं के एक हाईस्कूल में पढ़ रहा था वह।

एक झटका लगा था उसे। अपने ताऊजी को वह कहानियों के अविजित दैत्य जैसा समझता था। जादूगर जैसा सामर्थ्यवान, महाबली।

शहर में ऐन कचहरी के भीतर उसके ताऊ, गाँव प्रधान जोगिंदर सिंह मार डाले गए। किसी ने अपना पुराना हिसाब चुकता किया था। पूरा शरीर गोलियों से छलनी हो गया था। वहीं दम तोड़ गए थे वह।

आतंक से भर गया था वह। हिल गया था भीतर तक। अब क्या होगा, कोई भी तो न रहा अब ! उसका क्या होगा ?

ताऊजी की मंडली उसके चारों ओर थी। जीत सिंह का बाप तेज वीर ताऊजी का दाहिना हाथ था। सोरन सिंह पुराना सेवक था—उनके हर काम का साझीदार। इसके अलावा कई अन्य—परजीवी काट—ताऊजी के ऐश्वर्य पर पलनेवाले। उनके हर अच्छे-बुरे काम के साथी।

वही लोग अब उसके रक्षक थे। उसे घेरे हुए थे चारों ओर से। स्वामिभक्ति ! नमक हलाली ! जिंदगी वार देने की इच्छा। खून की आखिरी बूँद भी भैयाजी के लिए बहा देने की कसमें। जिंदगी भर प्रधान जी का नमक खाया था। अब उन सबके लिए परीक्षा की घड़ी थी।

पहली बार सुरेंद्र को अहसास हुआ था कि सेवकाई किसे कहते हैं। स्वामिभक्ति हो तो ऐसी !

लेकिन माँ की तो एक ही जिद थी। सारी जमीन-जायदाद बेचकर शहर चले जाएँगे। वहीं पढ़ेगा वह। नहीं रहना है यहाँ दुनिया के झमेलों के बीच।

माँ की जिद, उसकी दुविधा और मौन। अजीब हलचल-सी मच गई थी सब लोगों में, पूरे गाँव में गहमा-गहमी थी। ताऊजी का अमला पसोपेश में था। संकट के बादल छा रहे थे सब पर। जमीन-जायदाद बिक जाएगी तो इस पर पलनेवाले ढेर सारे लोगों का क्या होगा ?

"छोटी मालकिन, यहाँ तो हम सब लोग हैं। गारंटी लेते हैं कि सुरिंदर भैया का बाल बाँका नहीं होने देंगे।"

"शहर में तो कोई पूछनेवाला न होगा मालकिन। सब कुछ बेच-बाच देने से पुरानी खानदानी दुश्मनियाँ थोड़े ही खत्म हो जाएँगी।"

"लालपुरवालों के खानदान की इज्जत का भी तो सवाल है। सारी जमीन बेच दी और गीदड़ की तरह शहर भाग गए...लोग क्या कहेंगे ?"

अजीब खींचतान चल रही थी। बोली ताने ! खानदान ! इज्जत !

आबरू, मर्द और नामर्द होने के बीच की रस्साकशी।

और फिर सब लोग जुट गए, उसे पूरा मर्द बनाने में। अब सबके सब वहीं डटे रहते। कौन आया और कौन गया··पूरी निगाह रखते। घेरे रहते उसे हरदम।

वह जवान हो रहा था। उसकी मसें भीग रही थीं। पीना शुरू किए बहुत दिन हो गए थे उसे। अब नहीं शरमाता था वह औरतों की तरह। पीने-पिलाने के साथ हर तरह का हँसी-मजाक। सब प्रसन्न थे पर माँ रोती रहती थी।

महीपाल भागता हुआ आया था। हाँफ रहा था वह।

"बो यादबा का बच्चा ! वीरी सिंह यादव आया है लेखपाल के पास। अपनी तरफ से तो बहुत छिपता-छिपाता आया लेकिन पता चल गया है मुझे···"

"हल्का-हल्का सुनने में तो आया था कि कुछ हेरा-फेरी करवा रहा है। दो-एक लोगों को पटा रहा है वह लेकिन इतनी हिम्मत करेगा वह कि यहीं आ धमके। उसे तो सबक सिखाना ही होगा।"

तेजवीर उछलकर सीधा हो गया था।

"आज तो इसका फैसला होना ही चाहिए। कुत्ता आज हमारे घर के बाहर तक आ गया, रोका न गया तो गली के कुत्ते भी कल हमारे दरवाजे पर आकर मूत जाएँगे।" तेजवीर अब निर्णायक मुद्रा में था। "उठो भैयाजी, आज तो तुम्हारी भी ताजपोशी होनी है।"

"कहाँ चाचा ?"

"अबे चाचा के भतीजे उठ ! अपने ताऊजी के खून का बदला लेना है तुझे आज।"

"लेकिन चाचा। मैं कैसे ?"

"उठ, कह रहा हूँ मैं।" और हाथ पकड़कर उठा दिया उसे, "पहला सबक इस माउजर से, ले पकड़।"

"नहीं चाचा ! आप लोग जाओ और कर लो जो करना है।"

"इतने दिनों से इस माउजर को सीने से चिपटाकर रखे हो। आज जरा देखो तो कैसे खेलती है यह अपने शिकारी के हाथों में। लो पकड़ो।" उस गंभीर वातावरण में भी हँस पड़ा था तेजवीर।

रिवॉल्वर भैयाजी के हाथों में ठूँस दी गई। वे पाँच लोग दो मोटर साइकिलों पर सवार होकर उड़न छू हो लिए।

पगड़ी बाँधे और अपना मुँह उसकी ओट में किए वीरी सिंह लेखपाल के घर से जा चुका था। पीछा करते हुए बीच बाजार में जा घेरा उसे। सुरेंद्र भैयाजी काँप रहे थे। उसकी टाँगें जवाब दे रही थीं। आँखों के सामने सितारे छूट रहे थे। तेजवीर को लगा कि वह लुढ़क पड़ेगा। एक हाथ से उसे थामकर दूसरे हाथ से निशाना साधा था तेज वीर ने। उसका निशाना हमेशा की तरह एकदम फिट था। उसके साथ ही सहयोग दिया था तीन अन्य रिवॉल्वरों ने। समवेत् प्रयास। शत-प्रतिशत सफलता।

गोलियों की धाँय-धाँय से जैसे सुरेंद्र जागा था। नीम बेहोशी की हालत में उसने देखा कि सामने खून से लथपथ वीरी सिंह तड़प रहा है। दो मिनट की तड़पन। फिर कुछ ऐंठा था। इसके बाद शांत हो गया था सब कुछ।

महीपाल कैसे चारों ओर लोगों को धमका रहा था रिवॉल्वर दिखा-दिखाकर। लोग क्या कर रहे थे। कैसे भगदड़ मच रही थी। सुरेंद्र यह सब कुछ नहीं देख रहा था। उसने सिर्फ सुना था कि तेजवीर उसके कान में कह रहा था—

"इस मुर्दे पर अब तुम गोली चलाओगे। चलाओ…वर्ना मैं तुम्हारी खोपड़ी में गोली चलाऊँगा।" उसने देखा था तो सिर्फ यह कि तेजवीर की आँखों में खून उतरा हुआ था। उसका चेहरा हिंसक भेड़िए की शक्ल में बदल गया था जो किसी आहट पर अपने शिकार छिनने की आशंका से और अधिक हिंसक हो जाता है।

उसका खून सर्द हो गया। दिमाग सुन्न। हाथ जमकर पत्थर हो गए थे। तेजवीर की रिवॉल्वर उसकी कमर में चुभने लगी थी। अभी-अभी इसी रिवॉल्वर से निकली आग वीरी सिंह को भस्म कर चुकी थी।

उसने अपने इर्द-गिर्द नजर दौड़ाई। महीपाल, सोरन और रामपाल सभी खड़े थे। सबकी आँखों में अपना शिकार लपकने की चमक थी।

वह असहाय था। घिर गया था भेड़ियों के बीच। खून से सनी जबानें। दाँत निकाले खड़े थे वे सब उसके चारों ओर। उसका दिल चाहा कि वह अपना हथियार फेंक दे और वहीं लेट जाए वीरी सिंह के पास—अपने ताऊजी के कातिल के पास जो होगा देखा जाएगा।

लेकिन नहीं कर पाया ऐसा कुछ। नहीं हो पाया ऐसा कुछ उससे। उसने दोनों हाथों से रिवॉल्वर सँभाली। हाथों ने काँपना नहीं छोड़ा था। तेजवीर ने हाथ को सहारा दिया। उसने उँगली फँसाई। नाल साधकर निशाना ठीक किया। दोनों हाथों को जमाया और आँख बंद करके उँगली दबा दी। धायँ ! उसकी आत्मा में एक छेद हो गया और खून रिसने लगा। तेजवीर की आवाज उसका पीछा नहीं छोड़ रही थी।

"एक और ! मैं कहता हूँ एंक और।"

सम्मोहन की जैसी अवस्था में उसने आदेश सुना। फिर आँख मूँदी और दबाता चला गया ट्रिगर। दबाता गया। उसकी उँगली लहूलुहान हो गई थी। उसका दिमाग, उसकी आत्मा छलनी हो गए थे। पूरा बाजार यह नाटक देख रहा था।

नाटक का पर्दा कब गिरा…कैसे गिरा, उसे होश नहीं।

"जियो भैयाजी जियो।" तेजवीर ने लपककर उसे हवा में उठा लिया था। मोटरसाइकिल पर गठरी की तरह उसे लाद सब हवा हो गए थे।

सारे इलाके में नगाड़े बज रहे थे। सुरेंद्र ने अपने ताऊजी के कातिल को सरे बाजार गोलियों से छलनी कर दिया। पूरा इलाका पत्थर हो गया। सबकी जबानें बंद थीं। होंठ सिले हुए थे। पानी में रहकर मगर से कौन बैर मोल लेगा।

कहीं दूर, एक अँधेरे कमरे में जश्न हो रहा था। वारिस की ताजपोशी हुई थी। नन्हा वारिस अब मालिक था सबका—पालनहार था।

"यह ठीक नहीं हुआ यार !" सोरन सिंह महीपाल के कान में फुसफुसाया था। "सीधे-सादे लौंडे को बिना बात कीचड़ में फँसा गए

जबरदस्ती। अपनी तो कट गई, जैसी कटी, इसे रहने दो।"

"सोरन सिंह ! बिना किसी मालिक के हम कैसे जी सकते हैं। जिंदगी भर प्रधानजी के साथ लगे रहे। ठाँय ठूँ करते रहे। अब और किस काम के रहे हम !" महीपाल झूम रहा था।

"अबे सोरनवा ! घोड़ा घास से यारी करेगा तो खाएगा क्या बे !"

तेजवीर ने घुड़का उसे और फिर जश्न के आलम में डूब गए सब।

"भौजी ! अब तो उम्मीद है। चलो जी जाएँगे भैयाजी अब।"

"ऐसे कच्चे नहीं हैं अपने भैयाजी, जानदारी है जानदारी।"

"एक बार उठकर बैठ जाएँ हमारे भैयाजी, दुश्मनों को छोड़ेंगे नहीं हम। हाथ-पैर काटकर जंगल में न फेंक दिया। चील बिलउवों के सामने तो हमारा भी नाम नहीं।"

"दो दिन तो निकाल दिए चचा। एक-एक पल के लिए एक-एक जनम की लड़ाई लड़ी है भैया जी ने।"

सचमुच ! इन आखिरी क्षणों में एक-एक साँस के लिए वह लड़ रहा था। अपनी जिंदगी का एक-एक पल वह फिर से जी रहा था। अपने जीवन के उजालों की एक-एक कतरन को वह सहेज रहा था।

उसे अब सुमित्रा के हाथों की छुअन महसूस हो रही थी। पहली बार उसे लग रहा था कि वह एक सुंदर औरत है, सजीली है। भरपूर आँखों से कभी उसे देख ही नहीं पाया था वह।

"पापा...पापा यह क्या हो गया है तुम्हें पापा।" अचानक उसकी चेतना में एक आवाज तिर आई थी।

"पापा..." उसे लगा कि बादलों के बीच से कोई निकलकर उसकी पीठ पर सवार हो गया है। घोड़ा बना लिया है उसे किसी ने। "पापा...पापा..." आवाज उसे निरंतर आकाश से खींचकर नीचे ला रही थी। उसके पंखों को बाँधकर खड़ा कर रही थी। उसे अपने पैरों के नीचे जमीन महसूस होने लगी।

वह तो भूल ही गया था, उस वायवीय आकाश और घोर अँधेरे

पाताल के बीच कहीं जमीन भी हुआ करती है। वहाँ के लोग उड़ते नहीं। नीचे पाताल में डूबते भी नहीं। वे सीधे खड़े रहते हैं। वह महसूस कर रहा था एक नई जमीन जैसे उसके पैरों के नीचे उग आई हो।

"पापा···पापा···"

कितने युग लगे थे उसे जमीन पर उतरते हुए। पहाड़ जैसे भारी लोहे के कपाट सरकाए उसने। उसकी ताकत चुकने लगी। लेकिन रोशनी की किरण झलकी थी। धुंध कुछ साफ हुई थी।

सामने एक चेहरा था। जाना···पहचाना···परिचित···उस जैसा ही चेहरा था वह। उसके पीछे दो सजग आँखें थीं जिनमें माथे के सिंदूर की लाली झिलमिला रही थी।

हाँ ! चेहरे अब साफ थे।

"पापा···पापा···"

"मनोज, मेरा बेटा···" उसके होंठ काँपे थे। अहसास की दुनिया में दर्द फिर टीसें मारने लगा था।

"बेटा मनोज। तुम्हें देखकर ही पहली बार आँखें खोली हैं तुम्हारे पापा ने।"

"तीन दिन हो गए। मौत से कुश्ती कर रहे हैं भैयाजी। नजर उतारो भौजी इनकी।"

सुमित्रा आँखें पोंछ रही थी। यमराज के हाथों से सत्यवान को खींच लाई थी सावित्री।

"भैयाजी की जानदारी ऐसी-वैसी ना है भाई। अभी कोई माई का लाल पैदा न भयो कि जो भैयाजी को यूँ ही खत्म कर दे।"

"परसाद चढ़ाओ भौजी।"

"अरे देवी है अपनी भौजी तो, यह तो सती मैया का परताप है सब।"

आवाजें और शक्लें···सब आपस में गड्डमड्ड होकर उसे फिर कमजोर कर रही थीं। एक नई आशंका से भर गया था वह। मनोज का चेहरा उस पर झुका हुआ था। मनोज की आँखों में उसका भविष्य चमक रहा था। वह काँप गया था मनोज की आँखों में लिखे उसके भविष्य को

पढ़ कर।

"बेटा मनोज" फुसफुसाहट भर निकल पाई उसके मुँह से।

उसने चाहा कि वह मनोज को अपनी बाँहों में भर ले। छिपा ले उसे अपनी गोद में। उसे अपने साथ ले चले मुक्त आकाश में उड़ने के लिए जहाँ बर्फीला कवच ओढ़े आसमान छूते पर्वत हैं। दूर तक फैला शांत समुद्र है, जहाँ कल-कल बहती नदी हर पल एक नया पाठ पढ़ाती है। हरे-भरे खेत जीवन में हरियाली बिखेरते हैं। जहाँ हवा में कोई साजिश की गंध नहीं होती।

ये मनोज, मेरा बेटा मनोज यहाँ क्यों आ गया ? यह दूर ही ठीक था। इस पर परछाईं भी नहीं पड़नी चाहिए इन भेड़ियों की—लगातार सोच रहा था वह।

"हे ईश्वर" बुदबुदाया वह।

"बोले, भैयाजी फिर बोले, बेटा मनोज, तेरा ही परताप है कि भैयाजी फिर बोले।"

"वारिस है भैयाजी का। कोई मजाक बात थोड़े ही है।"

फिर वारिस ! कौन वारिस !! किसका वारिस !!!

"मनोज" वह फिर बुदबुदाकर रह गया। वह बहुत कुछ कहना चाहता था लेकिन शरीर पर उसका हुक्म ही नहीं चल रहा था। अवश पड़ा वह कहना चाहता था कि—भाग…मनोज…भाग, तू किसी का वारिस नहीं। तू अपना वारिस है, सिर्फ अपना। मेरा भी नहीं, तू भाग जा, दूर भाग जा, यहाँ ये सब भेड़िए हैं—खूनी भेड़िए, तुझे घेर लेंगे। सरे बाजार तू मुर्दे का मांस खाएगा। तू मुर्दा पीठ पर लादकर लाएगा और ये जश्न मनाएँगे। एक और आदमी का मांस खाने का जश्न मनाएँगे। इन आदमखोरों से भाग—दूर भाग…

उसके होंठ बुदबुदाते रहे। बहुत कोशिश करता रहा वह कहने की—असफल कोशिश। हारकर वह फिर डूबने लगा—गहरे समुद्र में डूबने लगा, नीचे जाने लगा तेजी से। ऊपर आसमान की कोई भी शै अब उसे ऊपर नहीं उठा पा रही थी। वह डूबता चला जा रहा था नीचे।

पर्सनल मामला

"यह मेरा पर्सनल मामला है···एकदम पर्सनल" दो टूक जवाब दिया रंजीत ने। जैसे पत्थर मारा हो गुलेल खींचकर। फिर अपनी दूरबीन लेकर छत पर चढ़ गया। उसने पीछे मुड़कर देखने तथा लोगों के दिल में क्या है, यह जानने की कोशिश भी नहीं की।

सब जैसे सनाका खा गए हों। एकदम चुप। जब इत्मीनान हो गया कि वह छत पर पहुँच गया होगा और उसने मुँडेर के पीछे खड़े होकर अपनी पोजीशन ले ली होगी तब झुंड में कुछ हरकत सी शुरू हुई।

"ये अच्छा परसनल मामला है ?"

"अजी हम सबकी जानों पर बन आई है और यहाँ अभी तक सब कुछ परसनल ही चल रहा है।"

"बहुत हरामीपन दिखा रहा है रंजीत" बुदबुदाया रमेश।

"यूँ तो हर वक्त छत पर ठाड़ौ ठाड़ौ मरने-मारने की बात करै। अब मौका आया तो दगाबाजी कर रहौ है···" मीनू की दादी सर पर पल्ला सँवारते हुए एक कर्तव्यनिष्ठ सिपाही के अंदाज में बोली।

"और बनाओ नेता इन्हें···मुहल्ला सुरक्षा समिति का अध्यक्ष। ये सरकारी ठेकेदारों की कौम···हमेशा अपना फायदा देखेगी।" रग्घू बड़बड़ाया। रग्घू उर्फ रघुनन्दन। अपने कॉलेज का दादा। छोटे-मोटे झगड़ों के अलावा दो बार चाकूबाजी के चक्कर में फँस चुका ठहरा। संवेदनशील परिस्थितियों का खासा अनुभव। इसके बावजूद जब दंगे शुरू हुए और मुहल्ला सुरक्षा समिति बनी तो अध्यक्ष रंजीत को बनाया गया। इसका दुख उसे अब तक साल रहा था।

"सिर्फ पैसे के बल पर नेतागिरी कब तक चलेगी। अब तो पता चल गया न आप लोगों को…" उसने अपने मन की भड़ास निकाली।

टमकू और बबलू दिल मसोसकर रहे गए। कितना सुनहरा अवसर था आज। शेरों की माँद में जैसे शिकार खुद-ब-खुद चल कर आ गया हो। ससुरी लाश तक का पता न चलता। खा जाते चील बिलउवै। इससे ज्यादा बहादुरी दिखाने का मौका फिर कब मिलता ? दंगों में धर लिए गए लोगों में आज तक तो सजा किसी को हुई नहीं। लाख बम फेंको…चाकू चलाओ…गर्दन रेतो…। फिर अपने नेता भैयाजी किस काम आते। एक म्लेच्छ के भार से पृथ्वी का बोझ हल्का होता। कितना खुश होते भैयाजी। एक पदक तो जड़ ही जाता उनके सीने पर…। बबलू और टमकू दोनों हसरत भरी नजरों से ऊपर छत की ओर देख रहे थे। उनका बस चलता तो अभी पीछे से रंजीत को गिराकर उसका लहू पी जाते। ठीक जैसे भीमसेन ने दुर्योधन का रक्त पिया था। बबलू-टमकू की बाँहें फड़कने लगीं।

खुसुर-पुसुर अब भुनभुनाहट में बदल चुकी थी। ज्यादा जोर से बोलने की हिम्मत शायद किसी में नहीं थी। मछलियाँ समेटे रंजीत की मजबूत बाँहें। उसकी धीमी लेकिन कड़क आवाज। पैंट के ऊपर हमेशा फूली रहनेवाली उसकी जेब। सब जानते थे कि पीठ पीछे उसे कुछ भी कह लें लेकिन है वह उन सबका बाप । पॉवर हाउस का परमानेंट ठेकेदार। क्या मजाल कि पॉवर हाउस की राख का ठेका कोई और ले ले…सिवाय उसके। एकाधिकार था उसका। इसके अलावा पॉवर हाउस की मशीनों की मरम्मत का ठेका वह अपने भाई के नाम से लेता। वह भाई आज तक किसी ने नहीं देखा था। लाखों के वारे-न्यारे होते।

तीन साल पहले बिरजी ने कोशिश की थी। पहले तो रंजीत ने बिरजी को समझाया था कि वह बिना बात उसके रास्ते में न आए। लेकिन बिरजी ने इस बीच अपना एक छोटा-मोटा गैंग बना लिया था। दो-चार राहजनी और लूटमारी के बाद वह अपने आप को बहुत बड़ा दादा समझने लगा था।

ठेके खुलनेवाली तारीख से ठीक एक दिन पहले मोटरसाइकिल से

लौटते हुए रात में किसी ने बिरजी को खलास कर दिया। सुना तो यह गया कि उसके ही साथी ने गोली मार दी थी उसे। बहरहाल कोई पकड़ा नहीं जा सका। बिरजी का चाचा जो ब्लाक प्रमुख था, उसने लाख दौड़-भाग की। हाथ-पैर मारे लेकिन नतीजा कुछ न निकला था।

रंजीत से पंगा लेना मामूली बात नहीं। किसकी हिम्मत है जो उसके खिलाफ आवाज उठाए। हाँ, खुसुर-पुसुर के लिए कोई मनाही नहीं है। इसके अलावा मुहल्ला सुरक्षा समिति को पाँच हजार जैसी रकम चंदे में देने की हिम्मत है किसी और में ? मुहल्ले में लाला बनियों की कमी नहीं लेकिन वे तो सौ पचास में ही फुस्स हो गए। चंदे की बदौलत ही तो आज हर नौजवान ठाठ से जेब में कट्टा डाले घूम रहा है। दंगों के बाद इन कट्टों का क्या होगा···इनका रुख किधर होगा···यह एक अलग बात है। फिलहाल तो हर नौजवान चिंतित है कि मुहल्ले पर न जाने कब हमला हो जाए। पूरा मुहल्ला किसी भी तरह के हमले के प्रति सतर्क है।

शहर कर्फ्यू के सन्नाटे से अकड़ गया है। दो-एक दिन तो कर्फ्यू की उत्तेजना अच्छी लगी। पूरे माहौल में मानो गर्माहट पैदा हो गई हो। लेकिन अब ? छह दिन होने को आए। यह कर्फ्यू गले में फाँसी का फंदा जैसा लगने लगा। हर खबर···हर उत्तेजना···बासी है। दम घुटने लगा है अब।

जिस दिन कर्फ्यू लगा था उसी दिन मुहल्ला सुरक्षा समिति की बैठक हुई। मुहल्ले के सारे नौजवानों की लिस्ट बनाई गई। चार टोलियाँ बनीं। हर टोली की छह घंटे की ड्यूटी और गश्त। रात के गश्ती दल की जिम्मेदारी सबसे ज्यादा। इसीलिए मजबूत और अनुभवी सदस्य उस टोली में। मुहल्ले के बड़े-बूढ़े, औरतें और बच्चों का भी ध्यान रात की टोलीवालों पर ही रहता। सबने अपने-अपने तरीके से हिदायतें दीं···सतर्कता के गुर बताए···मौके पर तुरंत एक्शन कैसे लिया जाए जैसी सलाहें लगातार दीं।

रंजीत अध्यक्ष था। उसका काम हर चीज पर निगाह रखना था। सारी परिस्थितियों का जायजा लेना था। वह हर टोली के साथ था।

रंजीत सारा दिन छत पर रहता। उसके पास एक पॉवरफुल दूरबीन थी—मिलिट्रीवाली। वह तिमंजिले पर चढ़ा लगभग पूरे शहर का नजारा देखता। खबरें सुनाता। शुरू-शुरू में आग की लपटें दिखीं। "देखो-देखो। आग लग रही है आग। आग लग गई…" वह अचानक चिल्लाया था। सबके सब धड़धड़ाते हुए कूदते-फाँदते छत पर चढ़ गए। बूढ़ों से लेकर बच्चे तक उस आग को देखना चाहते थे। लाल-पीली-नीली-नारंगी रंगों में बदलती सिमटती-फैलती आग मानो कर्फ्यू में सुस्त पड़े शरीरों में गर्मी का संचार कर रही थी।

ये आग कहाँ लगी होगी। यह बहस का मुद्दा था अब।

"आग तो जनकपुरी में लगी जान पड़े।" बाबू शिवनारायण बोले थे।

"जनकपुरी में आग लगी होती तो धुएँ से अपनी शिवपुरी भर गई होती।"

"बाबूजी, यह मिलिट्रीवाली दूरबीन है। आग लगी होगी कम से क़म पाँच-सात किलोमीटर दूर। किले की तरफ।"

"उधर तो शाहपाड़ा है…और उससे आगे नूरुद्दीन की सराय है।"

"जरूर वहीं आग लगी है।"

"लेकिन वहाँ तो ज्यादातर आबादी मुसल्लों की है ? वहाँ आग कैसे लगेगी ?"

"झोंपड़पट्टीवाले बहुत हैं वहाँ। रिक्शावाले और फैक्टरी मजदूर।"

"तो क्या हुआ। खुद आग लगा ली होगी अपने झोंपड़ों में।"

"और क्या ? पहले चाकू-छुरी चलावैं…फिर खुद ही अपने छप्परों में आग लगा लेवैं…सरकारी मदद के लिए।"

"सरकारी मदद क्या ! इन्हें तो इनके ही लोग भर-भर कर चंदा देवैं।"

"अरे चंदा तो हम भी देते हैं। यहाँ भी सबने दिया है।" गोपाल बाबू को चंदे की बाबत जैसे दुश्मनों की तारीफ अच्छी न लगी हो।

"हुँह ! बीस रुपय्या का नोट निकालते में तो हाथ काँपता है हमारे भाइयों का…चंदा देते हैं ?"

"लेकिन डैडी ! जब ये मुसल्ले अपने घरों में आग लगा लेंगे तो रहेंगे कहाँ पर ?"

"क्या पता बेटा ! ये सब बदमाश लोग हैं। कहीं भी रह लेंगे।"

"डैडी, मुझे तो कोई बदमाश मुसल्ला मिल गया तो मैं नहीं छोडूँगा।"

"क्या करेगा तू ?" परिहास किया बाबू रामस्वरूप ने।

"ठाँय···ठाँय···"

सब हँसने लगे।

बहरहाल, अब तो छह दिन होने को आए। बोरियत होने लगी थी। उसके बाद कहीं आग भी नहीं दिखी। जिला प्रशासन पूरे शहर को शायद सख्त पाठ पढ़ाना चाहता था। एक बार कर्फ्यू में रगड़ दो लंबे समय तक···चीं बोल जाएँगे सब···तभी ठीक होंगे।

लेकिन हर कोई चीं नहीं बोलता। सराय नूरुद्दीन या शाहपाड़ा या काजीपाड़ा के झोंपड़ों या एक-एक कमरे में ठुँसे घुटे लोग चीं बोल जाते हैं लेकिन जनकपुरी-शिवपुरी के लोग तो पूरी छुट्टी के माहौल में हैं। यूँ मेन रोड पर कर्फ्यू का सन्नाटा है। हर चौराहे पर चार-पाँच बंदूकधारी सिपाही भी हैं। लेकिन मुख्य सड़क से भीतर शिवपुरी पहुँचकर तो जैसे जंगल में मंगल। सात-आठ ठेले, ताजी सब्जियों से लदे। कालोनी के भीतर दो बनियों की दुकानें। दिन-रात सेवा में लगीं। कुछ लोगों ने अपने घर के बाहर तख्त डालकर डबलरोटी-बिस्कुट और अंडों की दुकान खोल ली है। ये भविष्य के व्यापारी हैं।

शिवपुरी से आगे बाई-पास है जो शहर के बाहरी रास्ते से होता हुआ गाँवों से जुड़ा है। बाई-पास और उससे लगे इलाके कर्फ्यू मुक्त हैं। आस-पास के गाँवों से इस समय ताजे दूध, बेहतरीन ताजी सब्जियों, डबल रोटी, अंडों और जिंस की सप्लाई अबाध गति से चल रही है। यह कर्फ्यू का ही प्रताप है कि बढ़िया ताजी सब्जी रोज मिल रही है और वह भी इफरात में।

नजर बचाकर जनकपुरी तथा आस-पास मुहल्लों के लोग बीच की सड़क पार कर शिवपुरी के भीतर आ जाते हैं और पूरा सौदा-सुल्फ ले

जाते हैं। जितनी मुख्य सड़कें सुनसान हैं, मुहल्लों के भीतर उतनी ही जगर–मगर है।

बाई-पास से जुड़े इलाकों की खबर शहर के भीतरी इलाकों में भी हो गई होगी। तभी तो जब रंजीत अपनी तिमंजिली छत पर चढ़ा इधर–उधर दूरबीन घुमा रहा था तो उसे दूर से आता हुआ वह स्कूटर दिखाई दिया। लाल स्कूटर ? पहचाना हुआ सा लगा उसे। थोड़ा और पास आने पर उसने स्कूटर और स्कूटर सवार दोनों को पहचान लिया। वह पीछे बाई-पास सड़क की ओर से तेजी से स्कूटर दौड़ाता आ रहा था।

धड़धड़ाता हुआ रंजीत नीचे उतरा। तेज-तेज कदमों से चलता वह पार्क तक पहुँचा ही था कि वह उसे वहीं मिल गया। रंजीत को देखते ही उसने तेजी से ब्रेक मारा और लड़खड़ाता हुआ स्कूटर रोक लिया।

"रंजीत यार, तुम्हारे ही पास आ रहा था मैं।"

"कैसे आए भाई ! तुम यहाँ ? इस वक्त ? इतनी दूर से ? शहीद होने का इरादा है क्या ?" रंजीत की साँस थोड़ा तेज हो गई थी।

"बस यार···बड़ी मुसीबत है। छिपता–छिपाता···पूरे दस किलोमीटर का चक्कर काटकर आया हूँ।"

"बात क्या है ?"

"फाके हो रहे हैं। जो कुछ घर में था सब खत्म हो गया है। मैं तो दौरे पर था। उसी रात पहुँचा कि सवेरे से यह बवाल हो गया। वाइफ तो बीमार चल ही रही है। कुछ सामान–ऊमान दिलवाओ यार। मैंने सुना है तुम्हारी तरफ सब नॉरमल है।"

सूखा चेहरा···उड़ते–बिखरते बाल···भय और आशंका की स्पष्ट छाप···खूबसूरत और स्मार्ट राजू की जैसे शक्ल ही बदल गई थी।

उसकी तरफ देखता रहा रंजीत।

"इतना रिस्क नहीं लेना चाहिए था तुम्हें ! हालात अच्छे नहीं हैं।"

"क्या करता। मजबूरी थी ! मदर–फादर आजकल आए हुए हैं। बहन का पूरा कुनबा साथ है। सोचा कि तुम हो तो क्या डर है ! बस चला आया···"

दो क्षण चुप सोचता रहा रंजीत।

"क्या सोच रहे हो यार ? कोई प्रॉब्लम है ?"

"कुछ नहीं, चलो चलते हैं।" और रंजीत स्कूटर पर उसके पीछे बैठ गया।

बंसी लाला के यहाँ से एक बोरा आटा, और दाल, चावल दिलवाए रंजीत ने। एक बड़े थैले में सब्जियाँ भरवा दीं। फिर याद आया। प्रोवीजन स्टोरवाले गुप्ताजी के घर से दो दूध के डिब्बे लेकर आया।

पूरी खरीदारी के बाद पार्क के आगे जहाँ सड़क भीतर शहर के लिए मुड़ती है, वहाँ तक उसे पहुँचा खरामा-खरामा लौट आया वह।

"अरे लल्लू रंजीत, किसे खरीदारी करवा रये इतनी जोर से ?" मीनू की दादी ने फौरन सवाल दाग दिया।

"था अम्मा ! पॉवर हाउस का हमारा एक साथी।"

"वहाँ से आया था क्या ? उल्टे बाँस बरेली ?"

"नहीं अम्मा। यहीं रहता है शहर में।"

"हाँ ! देखने में तो अच्छे भले घर का लग रहा था बेचारा।"

"हाँ, बाबूजी ! ओवरसियर है वहाँ पॉवर हाउस में।"

"दोस्त हुआ भाई तब तो तुम्हारा।"

"हाँ निर्मल भाई ! दोस्त ही समझो। अपने बहुत काम आता है।"

"आप तो भाई साहब ! उसे ऐसा छुपा-छुपाकर ले गए जैसे नई नवेली दुल्हन हो वह।" मानीखेज अंदाज में बोला रग्घू जैसे कोई भेद लेना चाहता हो।

"नई नवेली दुल्हन काहे की। अरे उसका कोई मित्र होगा।" मीनू की दादी ने रग्घू की बात को सान पर चढ़ाते हुए कहा। "क्या नाम था रे रंजीत उसका ? मुझसे ना मिलवाया तुमने ! अरे मैं भी तो तुम्हारी मुहल्ला समिति की मिम्बर हूँ।"

दरअसल जिस तरह गुपचुप रंजीत ने अपने मित्र को खरीदारी करवाई और झटपट उसे पूरी खामोशी के साथ बिदा कर दिया, यह सभी को अटपटा लगा था। यह न सिर्फ इन दिनों मुहल्ले में चल रहे तौर तरीकों और माहौल के विपरीत था, बल्कि खुद रंजीत के हर समय कुछ

न कुछ बोलते रहने की आदत के भी विपरीत था। खासा अस्वाभाविक था उसका यह व्यवहार।

रंजीत अंदर ही अंदर सुलग गया। उसने तीखी नजरों से रग्घू की ओर देखा। कल का लौंडा···इसकी यह हिम्मत। ज्यादा ही तीसमार खाँ बन रहा है। अभी दो-चार हाथ जड़ दें तो ठीक हो जाएगा। लेकिन कुछ सोचकर चुप रह गया। फिर मुस्कराते हुए रग्घू की ओर देखकर बोला।

"अम्मा, तूने पहले याद ही न लगाई। लेकिन तू खुश न होती उससे मिलकर।"

"क्यों रे ?"

"क्योंकि उसका नाम रियाजुद्दीन है। रियाजुद्दीन खाँ।" ढिठाई से जैसे ऐलान किया हो उसने।

"रियाजुद्दीन ?" जैसे झटका लगा हो सबको। रंजीत निर्विकार खड़ा सबके चेहरे टटोल रहा था।

रग्घू हँस पड़ा और बाबू रामनारायण की ओर देखकर सिर हिलाने लगा, मानो कह रहा हो, "देखा, मैं कहता था न···"

"रंजीत भैया, ये खान-वान की मदद कर रये तुम ? मरने दो सालों को भूखा। ये गद्दारी, अध्यक्ष होकर ? तुम्हें शोभा नहीं देता रंजीत।"

"क्यों ? गद्दारी क्या हुई ?" उसका मुँह टेढ़ा होने लगा, जैसा बहुत गुस्से में हो जाया करता है। "ये मेरा पर्सनल मामला है। एकदम पर्सनल !" एक जोर की हुंकारी भरी उसने।

उसकी हुंकारी के बाद सिर्फ फुसफुसाहटें ही संभव थीं।

फिर हार गई वह

सुमनलता का दिल जिन गहरी अँधेरी खाइयों में डूब रहा था, उसके मुकाबिले कमरे में छाया अँधेरा कुछ भी नहीं था।

अनंत काल से इकट्ठा पृथ्वी का ताप उसके भीतर समा गया था, जो उसका शरीर जलाकर भस्म कर रहा था। धरती के गर्भ में छिपा समस्त लोहा पिघलकर जैसे उसके मन और आत्मा में भर गया हो। पूरा शरीर भारी होकर नीचे खिंच रहा था, अनगिनत चुंबक उसे खींच कर पाताल की अतल गहराइयों में ले जा रहे थे और वह एक उँगली भी हिलाने में असमर्थ थी।

पल-पल उसकी जिंदगी खत्म हो रही है। जीवन का अंत शायद ऐसे ही होता है। वह हिल-डुल भी नहीं सकती। लेकिन उसका दिमाग ! वह तो ढीठ हवा की तरह जहाँ-तहाँ आवारा घूम रहा था। हर छिपे गह्वर, छेदों और दरीचों में घुसकर सब कुछ अँधेरी, काली स्लेट पर लिख देने को तत्पर। यह मुर्दापन दिमाग में भी होता तो मन की शांति बनी रहती। अतल शून्य का अहसास न होता।

"आंटी, सो गईं क्या ?"

सुमनलता ने आँखें खोल दीं। पड़ोस की वकीलनी चाची की लड़की थी।

"दूधवाला दूध दे गया था। उबाल दिया है। रखे जा रही हूँ मेज पर।" उसने सर हिला दिया और उसे इशारा किया कि ठीक से दरवाजा बंद करके जाए।

"लगता है आप बहुत थक गई हैं। ठीक है आराम कीजिए।" और दरवाजा उड़काकर वह चली गई। सुमनलता सचमुच थक गई है।

लगता है यह सफर कभी खत्म नहीं होगा। ऊबड़-खाबड़ पथरीला, धूल उड़ाते रास्तोंवाला। कहीं कोई कुआँ, ताल नहीं। कोई छाँव, विश्राम का ठौर नहीं सिर्फ चलते जाना है बिना रुके। अनंत यात्रा है यह ! कहाँ चूक हुई उससे। कोशिश तो बहुत की सुमलता ने रास्ते में पौधे रोपने की। लेकिन पथरीली रेत में कहीं कोई पौधा लगता है ? ठंडे पानी का सोता तो मृग मरीचिका हो गया है। बहुत प्यासी है सुमनलता। पूरा समुद्र भी गले में उँडेल ले तो प्यास नहीं बुझेगी। यूँ तो दो घूँट स्नेह के काफी होते हैं पूरी जिंदगी की प्यास बुझाने के लिए।

कनक ने तो पानी भी ऐसे पिलाया था कि अहसान कर रही हो। गले में ही अटककर रह गया था। पानी और पूरा मुँह कसैला हो गया था उसका ! उसके बाद उल्टे पैरों लौट आई थी वह !

कब और कहाँ थ्री व्हीलर लिया और बस स्टेशन पहुँची, उसे होश नहीं। उसी बेहोशी के आलम में टिकटघर की खिड़की पर मुट्ठी में दबे सारे नोट उसने बिखेर दिए और काउंटर पर बैठा आदमी उसका मुँह ताकता रह गया था। महिला विश्रामघर में जाकर बैठ गई थी वह। कोने में धूल की पर्त ओढ़े एक शीशा लटक रहा था। सामने बैठी सुमन को रेत की तह के पार एक धुँधली छाया दीख पड़ी थी। उसे पहली बार अहसास हुआ था कि उसके बाल अधपके खिचड़ी हो चले हैं। चेहरे पर चिकनापन कभी रहा होगा, अब वहाँ सिलवटें जगह घेर रही थीं। किसी जमाने में बड़ी और भावप्रवण कहलानेवाली आँखें मानो किसी आतंक से चौड़ी होकर फट रही थीं। फूल और पसीने से बाल जहाँ-तहाँ चिपक रहे थे। क्या शक्ल हो गई है उसकी ? इतनी निर्मम हो गई है वह अपनी ओर से ? ठीक ही कहा था कनक ने। "क्या हाल कर लिया है तुमने जीजी ? सारा दिन इधर-उधर पागलों की तरह से भटकती हो। यही हाल रहा तो एक दिन लोग भय खाने लगेंगे तुमसे ! जरा देखो—क्या शक्ल बना ली है तुमने अपनी।"

उसे आश्चर्य हुआ ! वह कौन-सी कनक है जो माँ के मरने के बाद उसके सीने से लग गई थी। जो हर वक्त उसके पीछे-पीछे छाया की तरह लगी रहती। उसकी दौड़-भाग और मेहनत से जो उसके लिए

चिंतित रहती थी !

लेकिन अब सुमन उसके लिए राह चलती एक अनजान औरत थी। तभी तो उसने अपनी गुड़िया को उसके पास नहीं आने दिया। उसकी प्यारी-सी बिटिया सहमी-सी दूर खड़ी थी। उसने उसे अपने पास बुलाया था—गुड़िया अपनी मौसी के पास आओ बेटे। ये लो, अपने लिए चाकलेट लेना। अपने पर्स से दस रुपए का नोट निकालकर उसने आगे बढ़ाया था।

गुड़िया उसे देखती रही। कुछ क्षण। फिर अपनी माँ से चिपक गई—भयभीत चिरैया की तरह। कनक ने उसे कतई यह समझाने की कोशिश नहीं की कि सुमन सचमुच उसकी मौसी है। गुड़िया से कहा कि वह जाकर खेले और उसे भीतर भेज दिया था।

अपराध बोध से भर गई थी सुमन। नोट उसने पर्स में डाल लिया और सामने खड़ी अपनी बहन कनकलता को भरपूर निगाहों से देखा। भरा-पूरा चेहरा। करीने से सँवारे बालों के बीच रक्ताभ रेखा ! गर्दन पर लटकता जूड़ा। माथे पर बोलती हुई लाल बिंदी। गले से लिपटा दर्पित मंगलसूत्र। आत्मसंतोष से भरा व्यक्तित्व। निकट भविष्य का मातृत्व उसे अतिरिक्त गौरव प्रदान कर रहा था।

वह देखती ही रह गई। यह अभिमानी और दर्पिता कनक—नितांत अपरिचित और अनजान लग रही कनक, जो शादी के बाद विदाई के समय उसके कंधों पर सिर रखकर फूट-फूट कर रोई थी, "जीजी...भूल मत जाना मुझे। तुम्हीं मेरी माँ हो जीजी...।"

दोनों भैया और भाभी वहीं थे। बड़ी भाभी ने खासतौर पर बुरा माना था—"जो कुछ हैं अब वो सुमन जीजी हैं। हम तो जैसे कुछ हैं ही नहीं। कितना भी कुछ करो-धरो...सब बेकार।"

सुमन ने बड़ी भाभी के गुस्से का बुरा नहीं माना। उसे अच्छा ही लगा। अपने बड़प्पन और महत्त्व का अहसास। उसने जैसे आकाश छू लिया था।

यह ठीक ही था। बड़े भैया सैकड़ों मील दूर...अपनी घर-गृहस्थी में रमे हुए। छोटे भैया ने भी अपनी पसंद की शादी की और अपनी ससुराल के होकर रह गए। वहीं घर का बिजनेस सँभाल लिया था उन्होंने। पिताजी

अपने पीछे यह एक मकान छोड़ गए थे जिसमें रह गई थीं माँ और दो बहनें सुमनलता और कनकलता। सुमनलता की पढ़ाई खत्म हो चुकी थी और उसे एक डिग्री कॉलेज में नौकरी मिल गई। विधवा माँ और कॉलेज में पढ़ रही बहन का बोझ उसने सहर्ष अपने कंधों पर उठा लिया।

छोटे भैया से तो कोई उम्मीद थी नहीं। माँ बड़े भैया को ही लिखती रहती और याद दिलाती रहती कि उनकी दो कुँवारी शादी लायक बहनें हैं। उनके लिए संबंध को ढूँढ़ना है, उन्हें विदा करना है। अब संबंध ढूँढ़ना और ब्याह तय करना तो कोई मुश्किल काम नहीं था। सवाल ये था कि शादी में लंबी-चौड़ी रकम कौन लगाता ? एक-एक शादी दो-ढाई लाख से कम न होती। छोटे भैया तो पहले ही हाथ झाड़कर अलग हो चुके थे। बड़े भैया क्या बेवकूफ थे जो सारा बोझ उठाते और फिर खल्लास हो जाते। आखिर उनके भी बाल-बच्चे थे। गृहस्थी थी...हाँ ऐसा ही कुछ एक बार उन्होंने माँ से कहा था जब वे छुट्टियों में आए थे। उसने छिपकर सुना था यह सब। माँ तब रोने लगी थी।

सुमनलता जानती थी कि बहनों के विवाह खर्च से बचने के लिए ही भैया ने घर आना बहुत कम कर दिया है। पहले होली-दिवाली पर वे सपरिवार आते और सब लोग मिलकर त्यौहार मनाते। गर्मी की छुट्टियों में भाभी बच्चों के साथ एक महीना उन लोगों के साथ तथा एक महीना अपने मायके रहती। फिर तो बरसों बीत गए। भैया ने सपरिवार छुट्टियों में आना बंद कर दिया। कभी बच्चों की हिल स्टेशन जाने की तो कभी छुट्टियों में बच्चों की कोचिंग क्लास ! माँ के मरने और कनक की शादी के बाद तो घर में होनेवाला अविरल इंतजार का सिलसिला भी खत्म हो चुका है। उस अकेली के पास कौन आएगा अपनी छुट्टियों का जायका खराब करने।

खासा बड़ा घर। बहुत कहने पर भी माँ किसी हिस्से को किराए पर उठाने के लिए तैयार न होती। कहती कि छुट्टियों में अगर सब लोग इकट्ठा हुए तो? कैसे रहेंगे भैया, भाभी और बच्चे दो कमरों में ? माँ को डर था कि छुट्टियों में न आने के लिए कहीं जगह की कमी का बहाना न मिल जाए उन्हें।

इसी भोले विश्वास को लेकर माँ चली गई इस दुनिया से और छोड़ गई कनक को सुमनलता के सहारे। सुमन ने पूरी तरह से एक बेटे की तरह अपनी जिम्मेदारी का निर्वाह किया। अपनी एक सह अध्यापिका सहेली के भाई के साथ कनक का रिश्ता तय किया। अकेले दम पूरी शादी की और कोई कोर-कसर बाकी नहीं छोड़ी। बड़े भैया और छोटे भैया इस अवसर पर सपरिवार आए और काज निभा गए। इन हालतों में अगर भाभी या भैया के बजाय कनक उसके कंधे से लग गई तो क्या गलत किया। किसी का सिर थामने के लिए कंधा मजबूत भी तो होना चाहिए।

लेकिन अब ! अब कनक लगातार सुमनलता को यह अहसास करा रही है कि इस दुनिया में किसी को उसकी आवश्यकता नहीं है। इस घर के कोने में पड़ी···नौकरी करती हुई···चाहे तो अपने लिए जी सकती है वह ! सिर्फ अपने लिए ! इस मकान की पहरेदारी करती रहे वह बड़े भैया के रिटायर होने तक। किसी को इस मकान में रख भी नहीं सकती। बड़े भैया कहते हैं कि जमाना खराब है। कहीं किसी ने इस पूरे मकान पर कब्जा कर लिया तो ?

सुमनलता ने करवट बदली। सिर भिन्ना रहा था। सवेरे से कुछ खाया भी नहीं। क्या खाए ? किसके लिए खाए ? अच्छा है ऐसे ही पड़े-पड़े प्राण निकल जाएँ।

कनक ने उससे भोजन के लिएं भी नहीं पूछा। सवेरे ही बस पकड़कर भरी दुपहरी में पहुँची थी वह। करीब छह घंटे की यात्रा। सोचा था कि एक दिन रुकेगी। कनक के पुराने गिले-शिकवे दूर होंगे। भूल चुकी होगी वह उन बातों को। एक दिन आराम करके, सबसे मुलाकात करके अगले दिन लौटेगी वह !

आखिर बेवकूफी उसी की थी। किसी आते-ज:ते ने कह दिया था कि कनक की तबियत ठीक नहीं है और उसका ऑपरेशन होनेवाला है। बस ! आव देखा न ताव ! घर में करीब हजार रुपए रखे थे। उन्हें पर्स में डाला। चेक बुक रखी और चल दी।

वहाँ अप्रत्याशित स्वागत हुआ उसका। दन् से कनक ने सवाल

दागा—"ऐसे अचानक कैसे चली आईं जीजी ?" सुमनलता सिकुड़ गई। उसने कनक के स्वास्थ्य के बारे में पूछताछ की। ऑपरेशन के बारे में पूछा। कनक का जवाब था—"क्या गलत दीख रही हूँ तुम्हें। भलीचंगी तो हूँ। किसी ने कुछ कह दिया और तुम दौड़ी चली आईं पागलों की तरह। यह मेरी ससुराल है जीजी…।"

वह हतप्रभ रह गई। क्या सचमुच लोग उसे पागल समझते हैं ? कनक भी…? उसका चेहरा खिंचने लगा। तनी हुई आँखें और चौड़ी हो गईं। वह भीतर ही भीतर हिलने लगी। काँपते हाथों से पर्स खोलकर उसने हजार रुपए निकालकर मेज पर रख दिए, तुरुप चाल की तरह और कनक के चेहरे पर आँखें गड़ा दीं। रुपए देख कनक के चेहरे का तनाव शायद कुछ कम हुआ था। गुड़िया को अपने पैरों से लिपटाए उसने आँखें दूसरी ओर फेर लीं।

धीरे-से सुमन ने चेक-बुक पंर्स में से निकाली। उसे गोद में रखकर कुछ सोचती रही वह। कनक का चेहरा उसी तरह सख्त और निर्विकार था। सुमन ने चेक-बुक वापस पर्स के अंदर रख ली।

वह जैसी गई थी वैसी ही पलट कर लौट आई। कनक ने एक बार भी उससे रुकने के लिए नहीं कहा। हजार रुपए मेज पर यूँ ही पेपरवेट के नीचे दबे पड़े रहे। न तो सुमन ने उठाए और न ही कनक ने वापस किए। धन्यवाद भी नहीं कहा !

क्या सचमुच कनक उसे अनिष्टकारक समझती है ? क्या उसका स्नेह और सान्निध्य कनक के परिवार पर बदअमनी लाएगा ? क्या वह अपशकुनी है ? शादी से पहले उसके कंधे पर से लग हिलक-हिलक कर रोनेवाली कनक शादी के बाद एक अदद मर्द की स्वामिनी हो जाने के बाद क्या उसे अभिशाप समझती है ?

शादी के एक साल बाद ? कनक की तबियत खराब हो गई। वह उम्मीदों से थी। सुमन छुट्टी लेकर उसके पास चली गई थी। रात-दिन कनक की सेवा की उसने। अब अगर उसका नवजात शिशु जिंदा नहीं रह सका तो इसमें उसकी क्या गलती थी ?

महेंद्र ? उसका स्नेह भाजन ! उसका दिल चाहता कि वह दुनिया

की दौलत लुटा दे महेंद्र पर। उसकी हर छोटी से छोटी इच्छा, उसकी हर फरमाइश पूरी करती। सुमन को पता भर लगना चाहिए और उसकी पसंद की चीज हाजिर ! लेकिन कनक ! खुश होने की बजाय मुँह फुला लेती ! नाराज होने लगती ! "दीदी बहुत बिगाड़ रही हो तुम इन्हें ! तुम्हारे बाद, मेरे बस का नहीं इस तरह हर वक्त इनके पीछे दौड़ना !"

सुमन को यह उलाहना अच्छा लगता। आखिर कनक और महेंद्र के अलावा उसका इस दुनिया में है ही कौन ? सुमन बार-बार सबसे यह कहती।

सुमन एक दिन महेंद्र को लेकर बाजार गई। घर का जरूरी सामान लाना था। कनक बिस्तर पर थी। उसे हिलने-डुलने तक की मनाही थी। सुमन ने महेंद्र को खूब शॉपिंग कराई। एक साड़ी कनक के लिए खरीदी।

कनक ने एक भी सामान नहीं देखा। साड़ी छुई नहीं। मुँह फुला लिया और दीवार की ओर मुँह करके लेट गई। बोली तो बस इतना—

"जीजी, हर वक्त इन्हें साथ लेकर न घूमा करो। इनको बैंक के इम्तिहान की तैयारी करनी है। ऐसे ही मटरगश्ती करते रहे तो दे चुके इम्तिहान।"

ओहो ! कैसी बड़े-बूढ़ों जैसी बातें करने लग गई है कनक ! ठीक है । अब महेंद्र नहीं जाएँगे घर से बाहर। वह अकेली ही सब काम कर लाया करेगी। बस ! लेकिन कनक का मुँह सीधा न हुआ। फिर एक दिन कनक ने आग्रह करके दीदी को वापस भेज दिया कि अब वह ठीक है। घर के कामों में मदद करने के लिए एक नौकरानी भी मिल गई है। इसीलिए अब सुमन को वापस चला जाना चाहिए। घर भी इतने दिनों से खाली पड़ा है वहाँ।

कनक शुरू से ही तुनकमिजाज रही। छोटी जो ठहरी। उसकी बातों का कोई बुरा नहीं मानता। सुमन ने भी कभी बुरा नहीं माना। हाँ, वह अपनी घर-गृहस्थी में इतना रम गई थी कि अब कम ही आ पाती उसके पास ! कभी आई भी तो अकेली !

उस बार ! वह और महेंद्र दोनों ही आए थे। महेंद्र को अपने ऑफिस के सिलसिले में कुछ काम था। इसी बहाने कनक भी आ गई। दूसरे दिन सुमनलता को कचहरी जाना था। मकान से लगी जमीन का

एक पुराना मुकदमा चल रहा था। उसका फैसला होना था। बैंक में अपना खाता भी ट्रांसफर कराना था। उसने महेंद्र से साथ चलने का आग्रह किया ! कोर्ट-कचहरी का काम। एक से दो हो जाएँगे तो अच्छा रहेगा। वर्ना अकेले-अकेले इधर से उधर भागते फिरो। कनक ने भी महेंद्र से जाने के लिए कहा कि बेचारी जीजी कहाँ अकेली डोलती फिरेंगी।

उस दिन सारे काम निपटाते-निपटाते दोपहर बीत गई, पता ही नहीं चला। भूख भी लग रही थी लेकिन इतनी दूर घर और तड़ातड़ बरसती धूप। उसने महेंद्र से कहा, "क्या ख्याल है ! मुकदमा भी जीते हैं और पास में पैसे भी हैं। हो जाय जश्न...।" महेंद्र कुछ नहीं बोले। मुस्करा दिए।

वह आग्रहपूर्वक महेंद्र को एक शानदार होटल में ले गई। बढ़िया खाना खाया। फिर हुई शॉपिंग। मुकदमा जीतने की खुशी में गिफ्ट लिए। कनक के लिए, महेन्द्र के लिए और एक साल की छोटी गुड़िया के लिए।

जब वे लोग घर में घुसे तो महेंद्र के हाथों में ढेर सारे पैकेट थे।

उस दिन सचमुच बहुत देर हो गई थी। शाम हो चली थी। कनक...उस वक्त तक सबका खाना लेकर बैठी थी...भूखी...चिंताग्रस्त। उन लोगों के इंतजार में।

पता चला कि उन दोनों ने खाना खा लिया है और वह भी होटल में। वह आश्चर्यचकित रह गई। क्या सूरज पश्चिम से निकल आया ? या फिर यह सारी बंदिशें नियम-धरम बीवी के लिए हैं। इतने साल हो गए, महेंद्र आज तक कभी उसके साथ होटल नहीं गए। उन्हें भूखे रहना मंजूर है लेकिन होटल का खाना...तौबा ! जीजी जब-तब गड्डी-गड्डी नोट कभी महेंद्र और कभी उसकी हथेलियों में दबा जाती हैं तो क्या चुप रहने के लिए या उन्हें अपनी उँगली पर नचाने के लिए ? जीजी क्यों घर तबाह कर रही हैं उसका। क्यों छीनना चाहती हैं महेंद्र को उससे। जब देखो, महेंद्र के लिए यह...महेंद्र के लिए वह...और वह भी हाथ बाँधे खड़े हैं गुलामों की तरह। पैसा दीख रहा है उन्हें जीजी का...लालच में क्या खुद को भी बेच देंगे वह ?

उफनते ज्वालामुखी का गर्म लावा सब पर बिखेर दिया कनक ने।

सारा खाना उठाकर सबके सामने नाली पर पटक दिया—"जीजी, मेरा घर तबाह मत करो ! मैं हाथ जोड़ती हूँ..." और भीतर चली गई वह।

महेंद्र पत्थर बने खड़े रह गए ! मर गई थी सुमन उस दिन। उसके रिश्तों की मौत हो गई थी। महेंद्र की ओर आँख उठाकर देखने का साहस भी न कर पाई थी वह उन लोगों के विदा होने तक ! तब से भूले-भटके औपचारिक पत्रों की गिनी-चुनी पंक्तियाँ ही टूटी साँसों का तार जोड़े हुए थीं। इन्हीं टूटी साँसों को समेटने की एक बार फिर कोशिश की थी आज सुमनलता ने।

उसने फिर अपने आप को कोसा। क्या जरूरत थी बिना बुलाए भागने की ? क्या कनक ने कहा था कि आओ, मेरी मदद करो ? क्षोभ और ग्लानि से उसकी साँस घुटने लगी। इतना अपमान ! वह भी अपने ही लोगों से जिन पर उसने अपना सर्वस्व लुटा देना चाहा ! एक पहाड़ जैसे उसके सीने पर बैठ गया हो। वह एक बार फिर मर रही थी। चूर-चूर होती हुई वह रेत में धँस रही थी। दफन हो रही थी। यूँ इस तरह पड़े-पड़े वह सड़ जाएगी...गल-गल कर समाप्त हो जाएगी...सोचते-सोचते सुमनलता भय से काँपने लगी। उसे फिर बुखार चढ़ रहा है...मर रही है वह...खत्म हो रही है।

अपनी पूरी ताकत लगाकर झटके से उठ बैठी। गले में कसते हुए मृत्यु के नागपाश को उसने खींचकर अलग कर देना चाहा और तेजी से दरवाजा खोलकर बाहर निकल आई।

एकाएक ठंडी हवा का झोंका उसका जैसे मुँह धुला गया हो...चेतना का संचार हुआ उसके भीतर। वहीं पत्थर के ऊपर बैठ गई वह। भरपूर ठंडी हवा में ऐसे ही तैरती उतरती रही वह। चारों ओर निस्तब्ध अंधकार। आसमान भी वैसा ही शांत और खामोश लेकिन उसके मन जैसा मुर्दा नहीं। काला आसमान छिटके सितारों को समेटे हुए, झिलमिल करता।

रात की रानी मदमाती महक रही थी। उसका दिल चाहा कि वहीं लेट जाए जमीन पर। सामने झाड़ी में कुछ हिलता-सा नजर आया। कोई साँप...बिच्छू ! सिहर उठी वह और एक किनारे पर खिसक गई ! झाड़ी में फिर हलचल सी हुई और हल्की-हल्की कुकियाने की आवाज। कोई

आकृति घिसटती खिंचती सी बढ़ रही थी। 'कोई पिल्ला–उल्ला है शायद···' सुमनलता ने सोचा। जादुई अँधेरा···खुली हवा और रात की रानी की नशीली महक ! उसने आँखें बंद कर लीं और सिर घुटनों पर टिका लिया।

रोने की आवाज कुछ तेज हुई। उसके कान चौकन्ने हो गए, फिर वह सामान्य हो गई—'होगा कोई ? क्या करना है देखकर !' फिर लगा कि यह तो मानुष का बच्चा है ! कौन होगा इतनी रात गए ?

ओ माँ !! वहाँ झाड़ी के पास ननकू था। गोपी का लड़का ननकू। सूखा–कमजोर। पाँच–छह साल का लेकिन अपनी उम्र से कहीं कम लगता था।

थोड़ी दूर पर ही तो गोपी की कोठरी है। खुद मस्तिया रही होगी अपने मरद के साथ और लौंडे को बाहर निकाल दिया। गोपी का आदमी शादी के तीन साल बाद ही मर गया था। अच्छा भला नगरपालिका में जमादार था लेकिन तपेदिक़ हो गई थी उसे। लाख कोशिश की गोपी ने कि उसे अपने आदमी की जगह नौकरी मिल जाए लेकिन ऐसा न हो पाया। कुछ दिन अपने छोटे ननकू को लेकर अकेले ही गृहस्थी की गाड़ी खींचती रही लेकिन जब मुश्किल लगने लगा तो उसने दूसरा घर कर लिया।

बाकी तो जैसा था सब कुछ वैसा ही चलता रहा अलबत्ता छोटे ननकू की गाड़ी जरूर अटक गई। अपने यहाँ औरत की मुसीबत है। न अकेले चैन—न दुकेले आराम। उसका यह दूसरा आदमी जो कमाता है। शायद ही कभी गोपी के हाथों में रखता हो ! हाँ, जब नशा करके आता है तो बेबात की बात निकालकर गोपी के हाड़–गोड़ तोड़कर बराबर कर देता है। बच्चे को उठा–उठाकर पटकता है और अपनी मर्दानगी का सबूत देता है। जब बिना नशे के आता है तो गोपी का पोर–पोर रौंद देता है और अपने आदमी होने का हक वसूलता है। बच्चे को निकाल कर घर से बाहर कर देता है। हर हाल में ननकू को घर से निकलना ही होता है। हर हाल में रोना उसकी नियति होती है। कितनी बार यह हरकत हो चुकी है। दिन–दुपहरी, रात–बिरात। "जहाँ जाता है जाए ! कल का मरता सो आज मरे···" चीखता रहता है वह।

इस वक्त फिर वही हरकत ! सुमनलता को फिर गुस्सा चढ़ने लगा और

उसकी कनपटी गर्म होने लगी। गोपी की कोठरी की ओर बढ़ चली वह।

कोठरी अंदर से बंद थी। उसकी समझ में नहीं आया कि वह क्या करे ! लगा भीतर कुछ खुसुर-पुसुर हो रही है। तभी एक मर्दानी हुंकार के साथ खुसुर-पुसुर की आवाज बन्द हो गई। वातावरण ज्यों का त्यों पहले की तरह स्तब्ध हो गया !

सुमनलता खड़ी थी। वह सोच रही थी कि जोर से दरवाजा खटखटाए और गोपी को बुलाकर डाँटे जोर से—आग लगे ऐसी जवानी को गोपी। आधी रात बच्चा बाहर भटक रहा है। अरे उसका सौतेला है। तेरा तो अपना है…कोख जाया। तू तो दर्द कर उसका… सुमनलता के हाथ आगे बढ़े ! अचानक जैसे करंट लगा हो, उसने हाथ पीछे कर लिया। उसे लगा कि दरवाजे पर खटखटाहट होते ही गोपी बाहर आएगी—हाथ जोड़कर लेकिन उसकी आँखें आग बरसा रही होंगी और होंठ बिफर रहे होंगे—"बीबी, मेरा घर न उजाड़ो। हाथ जोड़ती हूँ ! प्यारे जैसा भी है—मेरा आदमी है और ननकू मेरा लड़का है। आप हमारे बीच में न आओ !"

सुमनलता एकदम अबाउट टर्न हो गई। जैसे किसी ने चाबुक चला दी हो उस पर। उसका खून उबलने लगा और दिमाग में सायँ-सायँ करते लू के थपेड़े भरने लगे। उसके सामने से गोपी गायब हो गई और कनकलता सामने खड़ी थी—"जीजी, हाथ जोड़ती है तुम्हारे। मेरा घर न उजाड़ो। चली जाओ यहाँ से…" सुमनलता का दिमाग चकराने लगा। गोपी और कनकलता उसके चारों ओर घूमने लगीं ओर…कितना शोर…वह फिर अपना होश खोने लगी।

फिर वहीं बैठ गई वह। आँख फाड़-फाड़ कर अँधेरे में नजर दौड़ाई और चारों ओर फैली खामोशी को पीने की कोशिश की उसने ! ननकू अभी वहीं था अब वह सिर्फ रिरिया रहा था। कमजोरी और नींद के कारण ठीक से रो भी नहीं पा रहा था वह !

सुमनलता का दिल चाहा कि वह उसे अपने पास ही बिठा ले। प्यार से सिर सहला दे उसका। वह कभी सिर झुकाता और कभी उठाता उसकी ओर देख रहा था। वह उसे अपनी गोद में लिटाना चाह रही थी। जमादारिन का बेटा…उस जैसा ही मनहूस…अपशकुनी…घरों को उजाड़ने

वाला। सुमनलता से कनक डरती है ! इस मरे-गिरे पिल्ले जैसे ननकू से गोपी और प्यारे डरते हैं। लोगों के घरों की खुशियाँ किसी न किसी के बलिदान की नींव पर ही क्यों टिकी होती हैं। किसी के अरमानों का खून ही दूसरों के चेहरे की लाली क्यों बनता है ! गर्दन झुकाए जैसे सुमनलता बैठी है वैसे ही यह छुटका ननकू भी अपनी बारी के इंतजार में गर्दन दिए बैठा है।

उठ खड़ी हुई सुमनलता। उसके भीतर एक जबरदस्त हिलोर उठी। धक्का दे रही थी उसे। भीतर उमड़ते समुद्र का वेग उसे विवश कर रहा था कि वह ननकू को थाम ले। उसकी उँगली पकड़ कर उसे सहारा दे। उसे खड़ा कर दे और कहे–'उठो ननकू मास्टर ! तुम तो मर्द हो, फिर भी हो मुझ जैसे ही ! चलो, तुम भी भूखे हो और मैं भी। दूध-डबल रोटी का ग्रैंड डिनर लेंगे हम लोग। चलो, चलें···इतनी आसानी से नहीं मरेंगे हम लोग। चलें अंदर···।'

लेकिन···बहुत देर हो गई उसे यह पूरा दृश्य सोचते-सोचते। मन ही मन यह डायलॉग दुहराते-दुहराते ! कई बार, कई तरह से उसने इस संवाद को कहा और कहती रही···हिम्मत जुटाती रही···आगे बढ़ने के लिए···ननकू को थामने के लिए सोचती रही···।

अंततः उसके कदम बढ़ चले अपने घर की ओर···लेकिन अकेले-अकेले। ननकू की उँगली थामकर उसे अपने साथ ले चलने का साहस नहीं जुटा पाई वह ! सहमती रही···झिझकती रही···अगर-मगर और लेकिन के जाल में फँस छटपटाती रही और आखिर में अपने भीतर आए वेग को धकेल दिया उसने ! लोग क्या कहेंगे···हँसेंगे···पूछेंगे···दस तरह की बातें करेंगे···किस-किस को जवाब देती फिरेगी वह···और, जोर मारता, उठता समुद्र वापस लौट गया।

एक बार फिर हार कर लौट आई सुमनलता ! थके कदमों से लौट आई वह अपने अँधेरे बंद कमरे में ! अँधेरा हर रोज की तरह फिर गहरा रहा था। जकड़ रहा था उसे चारों ओर से। गहराते अँधेरे के जाल को तोड़ फेंकने की हिम्मत नहीं थी उसमें। थकी हारी आज फिर भूखी ही सो गई वह, हमेशा की तरह !

उसका सपना

नई-नई शादी के बाद जब वह बीवी को लेकर पहली बार अपने घर आया तो एकाएक उसे शर्म-सी आने लगी। टैक्सी से उतरकर वह टैक्सीवाले को पैसे दे रहा था। उसकी बीवी इधर-उधर ताक रही थी और मन ही मन तय कर रही थी कि दोनों ओर के मकानों में उसका कौन-सा मकान हो सकता है। उसे कहीं अपने पति की नेम-प्लेट भी दिखाई नहीं दे रही थी।

टैक्सीवाले को पैसे देकर और उससे वापस छुट्टा लेकर वह बीवी के पास आया तो उसकी आँखों में प्रश्नवाचक चिह्न लटक रहा था। उसने बहुत प्रेम से उसकी पीठ को घेरते हुए जैसे अपने संरक्षण में लिया और कहा, "आओ चलते हैं।"

दो-तीन मकानों के बाद दाहिनी ओर को एक गली थी। उसमें चार मकान छोड़कर पाँचवाँ मकान उसका था। नीचे से जीना ऊपर जाता था। दो मोड़वाला खास घुमावदार जीना था। जीने के दरवाजे पर उसकी नेम-प्लेट लगी थी। जब वे लोग जीने के पास पहुँचे और उसने नीचे लगी घंटी का बटन दबाया तो ऊपर की खिड़की से एक चेहरा झाँकने लगा था।

यह उनका प्रेम विवाह था। उसकी पत्नी के परिवार की हैसियत उन लोगों के परिवार की अपेक्षा अधिक थी। पत्नी के पिता इंजीनियर और भाई जूनियर इंजीनियर था। घर में अनाप-शनाप पैसा और मुफ्त के नौकर-चाकर रहते थे। वह अभी नया-नया बैंक की नौकरी में लगा था और उसकी सिर्फ क्लर्क की हैसियत थी।

यूँ उसकी इच्छा अपने विषय में आगे अध्ययन करने की थी। वह साहित्य का विद्यार्थी था और पढ़ने में तेज था। कविताओं का शौकीन। कविताएँ लिखने का शौक भी था उसे। लेकिन वह लंबा रास्ता था। प्रेमिका से शादी करने के लिए एक अदद नौकरी का होना जरूरी था। बैंक के इम्तिहान में बैठा, उत्तीर्ण हुआ और क्लर्की मिल गई। यूँ कहने को क्लर्की थी लेकिन पत्नी के घरवालों ने सब्र कर लिया था कि चलो, बैंक की नौकरी में तनख्वाहें तो अच्छी हैं। तरक्की करेगा तो जल्दी ही मैनेजर भी हो जाएगा। फिर आमदनी का क्या है। अगर आपके पास बुद्धि है तो हर जगह आप कमा सकते हैं।

पत्नी जब जीना चढ़ रही थी तो उसे लगा कि वह काफी परेशान हो रही है। सफर से थकी हुई थी। फिर ये जीना भी था एकदम सीधा। दो-एक बार जब उसके मुँह से 'आह'-'ऊह' निकली तो वह अपने आपको अंदर से सिकुड़ा हुआ महसूस करने लगा। 'डार्लिंग,' यही एक ढंग का मकान मिल पाया। दरअसल मेरे दिमाग में यह था कि मकान जैसा भी हो, सुविधाजनक होना चाहिए। सबसे बड़ी बात है कि अच्छी लोकेलिटी में होना चाहिए।

"हुँ, बड़ा सुविधाजनक है।" पत्नी ने मान दिखाया, "आते-आते कुतुबमीनार जैसी तो सीढ़ियाँ चढ़वा दीं।"

"हाँ, बस यही खराबी है कि ऊपर का मकान है। लेकिन यार, शहर के सबसे अच्छे मुहल्ले में है यह मकान। सिवाय इस जीने के, तुम देखो, मकान भीतर से कितना सुविधाजनक है।"

सचमुच मकान अच्छा था। तीन कमरे, एक बरामदा, खासा बड़ा किचन। सुविधा संपन्न बाथरूम, बड़ी-सी खुली छत। पत्नी खुश हो गई। लेकिन मान अभी बरकरार था।

उसकी पत्नी ने ग्राउंड-फ्लोर के मकान की फरमाइश की थी। दरअसल उसकी खुद की दिली इच्छा भी यही थी। लेकिन क्या करता, मजबूर था। शहर की भीतरी घनी आबादी में पूरा मकान मिल सकता था लेकिन वहाँ का मुहल्ला टाइप वातावरण। बाप रे बाप ! मकान तो उसे नए इलाके में ही लेना था। पॉश इलाके में संभ्रांत लोगों के बीच

रहने की बात ही कुछ और होती है। लेकिन यहाँ इस मुहल्ले में नीचे का पूरा मकान यानी आधी तनखा किराए पर खर्च दो। यह कैसे संभव था।

शाम को वह ऑफिस से आता। पत्नी चाय बनाकर लाती। बाहर छत पर बेंत की कुर्सियाँ और मेज डालकर वे बैठते, बतियाते, चाय पीते। वह अक्सर बात करते-करते अपनी पत्नी का चेहरा ही देखता रह जाता। उसकी पत्नी बहुत सुंदर नहीं, तो भी आकर्षक थी। उसे बनाव-शृंगार की तमीज थी। सुखी परिवार रखने के तथा पति का प्यार कैसे पाएँ, जैसे किताबों से पढ़े हुए गुर उसे याद थे। वह शाम को उसके घर लौटते समय बन-सँवरकर सुरुचिपूर्ण ढंग से तैयार रहती। जब वह घंटी बजाता तो ऊपर की खिड़की से उसी तरह झाँकती जैसे पहले दिन उसके आगमन पर नौकरानी ने झाँका था। वह उसे देखकर विज्ञापनवाली चौड़ी स्वागत मुस्कान देती और फिर दरवाजा खोलती। कवि सरीखा कोमल हृदय तो वह था ही, उसको देखकर निहाल हो जाता।

उसका एक सपना था। पत्नी ने तो मुँह से कहकर उलाहना दे दिया था, लेकिन स्वयं उसके दिल के भीतर भी यह बात छिपी थी कि उसका एक बहुत अच्छा-सा मकान हो। सामने एक बड़ा लॉन हो। एक कोने में गुलमोहर का और दूसरे कोने में अमलतास के पेड़ जरूर हों। हरी-हरी मखमली घास। फूलों से भरा बगीचा। पुराने किलों में जैसे कंगूरे हुआ करते हैं, वैसी ही कंगूरेदार मुँडेरवाली छत हो। वह जब आए तो ऊपर कंगूरों के बीच से पत्नी का झाँकता-मुस्कराता चेहरा उसे दीखे। फिर हरी-हरी घास में कुर्सियाँ डाले वे लोग शाम की चाय पीते रहें और उनके प्यारे-प्यारे बच्चे लॉन में चिड़ियों की तरह दौड़ते-फुदकते फिरें। उसे अपनी प्रेमिका जो अब पत्नी थी, राजस्थानी शैली के चित्रों में अंकित नायिका जैसी लगती। लंबोतरा चेहरा, उभरी गालों की हड्डियाँ, चिकनी, साफ त्वचा, भाव प्रवण लंबी आँखें। इसीलिए छत पर बैठकर चाय पीते-पीते वह उसके चेहरे की ओर एकटक देखने लगता।

एक बार उसने अपने सपने के बारे में अपनी पत्नी को सकुचाते हुए बताया। वह बहुत खुश हुई। उसकी पीठ ठोंकने के अंदाज में उसने

कहा, "तो इसमें शरमाने या परेशान होने की क्या बात है। अब ऐसे मरे-गिरे तो हम लोग हैं नहीं। खासी तनख्वाह मिलती है तुम्हें। अभी परिवार की ऐसी जिम्मेदारियाँ भी नहीं हैं। खुद भी ध्यान रखो तथा लोग-बागों से कह रखो। कहीं कोई ढंग का प्लॉट हो तो खरीदकर डाल लेंगे। मकान भी धीरे-धीरे बन ही जाएगा।" उसे आइडिया अच्छा लगा। बैंक में आने-जानेवाले लोगों तथा दलालों से उसने अपनी इच्छा का इजहार कर दिया। तभी उसे किसी ने सुझाव दिया कि एक सरकारी आवासीय कॉलोनी बन रही है। शहर के बिल्कुल बीच में है। हर काम की जगह नजदीक है। पैसा जमा कराके मकान बुक करवा दो। दो-एक साल में तीन मंजिला इमारत बन जाएगी और नंबर आने पर एक फ्लैट अपना हो जाएगा।

"हत्तेरे की। ये सरकारी फ्लैटों में हम नहीं रहेंगे। हर वक्त पड़ोस की चख-चख। एक-दूसरे के घर ताका-झाँकी। हमारे घर में क्या पका, यह बात पड़ोसी बता देगा। और फिर तिमंजिली बिल्डिंग।"

"हमारी रानी कहाँ किसी बगीचे में टहलेगी।" उसने मजाक में यह प्रस्ताव टालना चाहा।

"ऐसा करो कि सबसे नीचे की मंजिल के मकान के लिए रजिस्ट्रेशन करवाओ। थोड़ा पैसा ज्यादा लगेगा। जरूरत पड़े तो रजिस्ट्रेशन क्लर्क के हाथों में कुछ पत्र पुष्प थमा देना। थोड़ी बहुत जमीन होगी नीचे के फ्लैट के साथ तो हमारे राजा उसमें अपनी फुलवारी लगा लेंगे।"

पत्नी ने मजाक का जवाब मजाक में देकर बात बनानी चाही। "हँसो मत यार। जिंदगी में एक ही तो इच्छा है मेरी। एक अच्छा खूबसूरत बड़ा मकान—उसे भी तुम खत्म करना चाहती हो।" चलो, जैसी तुम्हारी मर्जी और पत्नी ने बात समाप्त कर दी।

इस बीच उसने किसी उपयुक्त प्लॉट के लिए दौड़-भाग तेज कर दी।

कुछ ही महीनों बाद मेहनत ने रंग दिखाया और किसी ने उसे खबर दी कि शहर को जिस ओर से बढ़ाने की मास्टर प्लान में योजना है, उधर कुछ आवासीय कॉलोनियाँ बनाई जा रही हैं। उन्हीं में से

सोच-समझकर एक ऐसी कॉलोनी में उसने प्लॉट ले लिया जो सबसे पहले बसनेवाली थी। उसमें मकान बनना शुरू हो गए थे।

उस कॉलोनी में दो श्रेणी के प्लॉट थे। बड़े भूखंड संख्या में बहुत थोड़े थे। उसके साथ के कुछ अन्य परिचितों ने भी प्लॉट खरीदे। सबने छोटे भूखंडवाले प्लॉट लिए थे। कौन-सा भूखंड खरीदा जाए, इस पर फिर विचार हुआ। उसकी पत्नी का कहना था कि दूसरी श्रेणी के भूखंडों में से उसे एक लेना चाहिए। उसी श्रेणी में उसके साथ के कुछ अन्य मित्रों ने भी प्लॉट खरीदे हैं। अच्छा है, परिचितों का पड़ोस रहेगा। उसका तर्क था, "बड़ा भूखंड नहीं लेंगे तो डार्लिंग, अपना लॉन नहीं बन पाएगा।"

"कैसी बात करते हो तुम। नक्शे में देखा नहीं था, लॉन के लिए जगह छोड़ी गई है इन प्लॉटों में भी।"

"यार, मेरा सपना है कि एक बहुत अच्छा लॉन हो। उसके सामने सफेद संगमरमर के पत्थरों से बना बरामदा। बढ़िया मकान। ऊपर खुली छत। मैं जब आऊँ तो तुम ऊपर सफेद पत्थरों की रेलिंग से झाँकती हुई टहलती दीखो मुझे, किसी बादशाह से कम नहीं समझूँगा मैं खुद को।"

पत्नी हँसने लगी। उसके दाँत अब भी वैसे चमकते थे। लेकिन हँसी उतनी ताजगी भरी नहीं लगती थी। यह स्वाभाविक था। एक बच्चा अब उनके परिवार में और था। काम का बोझ तो बढ़ना ही था। अब उसके घर वापस आने पर खिड़की से पत्नी और उसकी गोद में बेटा दोनों ही नीचे झाँकते थे।

तय हुआ कि बड़ा प्लॉट ही खरीदा जाएगा। अब एक तो बड़े प्लॉटों की अधिक कीमत। फिर उनकी सीमित संख्या, जिसकी वजह से प्लॉट कम और खरीदनेवाले ज्यादा। वे लोग बाजी मार ले गए जो ब्लैक में पैसा दे सकते थे। जिस दिन बड़े प्लॉट की मिल्कियत के कागज उसे मिले, उस दिन गर्व से उसकी छाती फूली हुई थी। बाकी सबकुछ तो उसकी योजना के अनुसार ठीक था लेकिन गड़बड़ बस ये हुई कि जितनी जमा पूँजी उनके पास थी, उससे ज्यादा पैसा लग गया था जिसकी वजह से थोड़ा कर्ज चढ़ गया था उसके ऊपर।

"अभी तो बहुत साल हैं सर्विस के।" उसने सर झटका और फिर अपने काम में लग गया। उसने सोचा, यह चढ़ा हुआ कर्ज पटा ले। फिर मकान बनवाना शुरू करेगा। धीरे-धीरे बनता रहेगा मकान उसकी योजना के अनुरूप।

इस दौरान अनेक परिवर्तन हुए। कुछ तो आमदनी बढ़ाने का ख्याल और कुछ कामकाजी महिलाओं की सम्माननीय श्रेणी में शामिल होने की इच्छा—पत्नी ने एक कॉलेज में नौकरी कर ली। पढ़ी-लिखी थी। पूरी योग्यता थी और नौकरी का अवसर मिल रहा था। पत्नी ने नए मकान की चर्चा करना बंद कर दिया था। अब उसके पास दो बच्चे थे। यह घर कॉलेज से नजदीक था। कभी कोई समस्या हो या मजबूरी हो, ऐसी हालत में बच्चों को नीचे मकान मालिक के परिवार में छोड़ा जा सकता था। वे अच्छे सहृदय लोग थे। जब वे दोनों काम पर और बच्चे स्कूल चले जाते तो ऊपर का घर होने की वजह से सुरक्षा भी रहती थी और नीचे मकान मालिक का परिवार होने से देखभाल भी। एकाध बार उसने नए मकान के लिए बात करनी चाही लेकिन पत्नी ने टाल दिया, "बच्चे थोड़ा बड़े हो जाएँ कि उन्हें अकेले छोड़ा जा सके, तभी नए मकान की बात सोची जाएगी।"

वह चुप हो गया। बात उसे भी समझ में आ गई थी। उसका सपना बरकरार था। उसने अपनी छत पर ढेरों फूलवाले गमले रखकर उसे खूबसूरत बना लिया था। जब कभी फुसरत मिलती तो पहले की तरह वह अब भी कविताएँ पढ़ने की कोशिश करता था। अभी भी शाम को वे सब इकट्ठे छत पर बैठते और चाय पीते। उसकी पत्नी की वह मुस्कान अभी भी मोहक थी हालाँकि उसके दाँतों में अब चमकं झिलमिलाती हुई नहीं थी। दूसरे बच्चे के बाद वह बहुत दिनों तक बीमार रही थी और उसकी सेहत खराब हो गई थी। थोड़ी मोटी भी हो गई थी वह। अब शाम घर लौटने पर वह बजाय घंटी बजाने के स्कूटर का हार्न बजाता था और ऊपर खिड़की से दोनों बच्चे झाँकते थे और दौड़कर दरवाजा खोलते थे। उसकी पत्नी कॉलेज से लौटकर किचिन में व्यस्त होती थी।

अब तक वह प्रमोशन की कई सीढ़ियाँ फलाँग चुका था और बैंक में मैनेजर था। अब काफी बाधाएँ दूर हो चुकी थीं। बच्चे खासे बड़े हो गए थे। इस बीच उसी ऊपर के मकान में उनको बदलाव लाने पड़े। बरामदा घेरकर कमरा बनवाना पड़ा। आँगन में टीन का शेड डलवाना पड़ा। सामान इतना हो गया था कि घर छोटा पड़ता था। तभी उसे हाई ब्लड प्रेशर की बीमारी शुरू हो गई जिसकी वजह से उसने चाय पीना बंदकर दिया। अब शाम को बच्चों के ट्यूटर आते और आँगन में कुर्सी डालकर उन्हें पढ़ाते। वह ऑफिस से आकर अंदर बैठ जाता और नींबू-पानी पीता।

पत्नी हमेशा की तरह उस वक्त किचिन में होती। पत्नी के घुटनों में दर्द रहने लगा था। गठिया की शिकायत हो गई थी उसे, इसलिए वह अपना काम जल्दी-जल्दी निपटाने की फिक्र में लगी रहती थी। हाँ, छत पर रखे फूलों के गमलों की संख्या बढ़ती जाती थी और वह बहुत चाव से उनकी देखरेख करता था।

उनकी शादी को पच्चीस साल होने को आए। उसके सपने में एक सपना और जुड़ गया। वह अपनी प्रियतमा को शादी की पच्चीसवीं वर्षगाँठ पर एक उपहार देना चाहता था और अपना सपना साकार करना चाहता था। उसने सोचा, वह पत्नी को सुखद आश्चर्य देगा। उसने अलमारी में दबे अपने प्लॉट का नक्शा निकाला। बालू, सीमेंट, ईंट और लोहे के आर्डर दिए। पंडित को बुलाकर कार्यक्रम निश्चित किया और चुपचाप वहीं प्लॉट पर पहुँचने का निर्देश दिया। यह सारे काम बैंक में उसके मातहत ने कर दिए थे। अब वह चाहता था कि मकान बनना शुरू हो जाए और अपनी शक्ल में आ जाए। फिर एक दिन पत्नी और बच्चों को ले जाकर आश्चर्य में डाल देगा। वहाँ ले जाकर उनसे कहेगा कि अब धीरे-धीरे सामान बाँधना शुरू करो। हम लोग बस महीने-दो-महीने में ही नए मकान में जा रहे हैं। भूमि-पूजन के निश्चित समय पर वह 'बहुत जरूरी काम है, अभी आता हूँ।' कह कर चला गया।

वह वहाँ पहुँचा तो लगा जैसे किसी और कॉलोनी में आ गया हो। शहर के बाहर के शांत वातावरण में जहाँ कॉलोनी बनी थी, अब

भीषण चहल-पहल थी। कॉलोनी के भीतर घुसने के रास्ते में ही एक बड़ा गंदा नाला था। पहले एक नाली वहाँ हुआ करती थी जो अब टूट-फूटकर बड़े नाले में बदल गई थी। उस नई कॉलोनी में पहले सड़कें बनी थीं और फिर टूट गई थीं, जो लगातार टूटती ही चली जा रही थीं। जगह-जगह गड्ढे और उनमें पानी का भराव था। कूड़ें के ढेर मुक्त अवस्था में पड़े थे। वह एक सिरे से दूसरे सिरे तक चलता चला गया। दुकानदार, व्यापारी, कचहरी के म्युनिसिपैलटी के बाबू जिनके पास अंधाधुंध कमाई तो थी लेकिन गड्ढों में भरे पानी और टूटी सड़कों के होने से कोई गुरेज नहीं था, वहाँ बसे थे। उसकी बगल का मकान अब एक शराब के ठेकेदार ने खरीद लिया था जो किसी हत्याकांड में शामिल होने के संदेह में पकड़ लिया गया था और जमानत पर छूटा हुआ था। दूसरी तरफ का मकान एक कचहरी के बाबू ने खरीदा हुआ था जिसने आगे के हिस्से में प्लॉट निकालकर दो फ्लैटनुमा घर बना लिए थे और किराए पर उठा रखे थे। उसके खाली प्लॉट में उसने अपनी भैंसें बाँध रखी थीं। यह जानकर कि वह अब अपना मकान बनवा रहा है, उसने आश्वस्त किया था कि वह चिंता न करे। भैंसों को वह मकान के बाहर बाँध दिया करेगा।

"कैसे-कैसे लोग यहाँ आकर बस गए हैं। कहाँ गई वह पॉश कॉलोनी और उसका खूबसूरत नक्शा। बिल्कुल बनजारों की सी बस्ती लगती है यह।"

बहुत उत्तेजित था वह और अपनी पत्नी को सारी वस्तुस्थिति समझाना चाहता था। जब वह लौटकर आया तो न जाने किस ख्याल में उसने घंटी के बटन पर हाथ रखा और किसी पुरानी आदत के तहत ऊपर देखा। खिड़की से एक महिला ने झाँका था। स्थूल चेहरा। तनाव ग्रस्त। फिर एक थकी बीमार आवाज-जो उसके बेटे का नाम लेकर दरवाजा खोलने को कह रही थी। उसे ध्यान आया, उसकी पत्नी के घुटने का दर्द आज सवेरे से बहुत बढ़ गया था।

वह कमरे में आकर पस्त पड़ गया। उसने चारों ओर देखा। पत्नी बिस्तर में लेट गई थी। उसे पस्त हालत में देखा तो कह उठी, "क्या

बात है ? तबीयत खराब है क्या तुम्हारी। ब्लड प्रेशर चेक करा लेते।" फिर खुद ही बड़बड़ाने लगी, "कितनी बार कहा है कि सवेरे शाम थोड़ा टहल लिया करो। कितना पेट निकल आया है, देखो।" उसने कोई जवाब नहीं दिया। फिर कुछ सोचते हुए बोला।

"सुनो। वह हमारा जो प्लॉट था न, वहाँ तो ऐसी कॉलोनी बस गई है कि वह शहर के भीतर किसी पुराने मुहल्ले को भी मात कर दे। एकदम घटिया। एक तो सबने अपने मकान आगे बढ़ा-बढ़ाकर जमीनें दाब ली हैं। नालियाँ हैं तो सब बंद। कहीं पानी की निकास नहीं, सड़कों की बुरी हालत। एकदम स्लम हो गई है कॉलोनी। स्लम ! पैसेवालों की झोंपड़पट्टी लगती है। वह जगह हमारे रहने लायक तो कतई नहीं है।"

पत्नी चुप रही।

"सुनो यार। मैं सोच रहा हूँ कि किसी और जगह जहाँ शांति हो, थोड़ा शहर से अलग, ऐसी किसी कॉलोनी में प्लॉट लेकर मकान बनवाऊँ। अच्छा-सा डिजाइन देकर। बढ़िया-सा लॉन। शानदार छत।"

पत्नी फिर भी चुप रही थोड़ी देर। फिर धीरे-धीरे बोली।

"मेरे बस का नहीं अब छत पर चढ़ना-उतरना। लॉन अब हो या न हो, कोई फर्क नहीं पड़ता। मेरे घुटनों का दर्द तो लगता है, मेरे साथ ही जाएगा। हाँ, एक बात की याद फिर दिला रही हूँ। आज जाकर ब्लड प्रेशर चैक करवाओ। इन दिनों ज्यादा ही मेहनत पड़ रही है। लापरवाही में फिर कहीं कुछ गड़बड़ हो गया तो लेने के देने पड़ जाएँगे।" और पत्नी ने करवट बदलकर पीठ कर ली उसकी ओर। वह सोना चाहती थी। फिर एकाएक उसकी ओर मुँह करके बोली।

"मेरे ख्याल से तो यह मकान भी बुरा नहीं। एकाध साल में दोनों बच्चे पढ़ने के लिए बाहर चले जाएँगे। हमारे तुम्हारे लिए और कितना चाहिए।" थोड़ी देर बाद ही पत्नी की खर्राटें उसे सुनाई देने लगीं।

बदली तुम हो, सादिया

मुझसे तो बिस्तर पर लेटा भी नहीं जा रहा है और ये अविनाश हैं कि इनके खर्राटे भी शुरू हो गए हैं। कमाल करते हैं ये भी। बिस्तर पर लेटे नहीं कि फौरन दूसरी दुनिया में। मेरी रात तो आज यों ही कटेगी, उठते-बैठते। सारी गृहस्थी की जिम्मेदारी जैसे मेरी है। इन्हें कोई चिंता ही नहीं है। अविनाश, मेरी फिक्र नहीं बाँट सकते, तो कम-से-कम इतना शोर तो मत करो। प्लीज, उधर मुँह करके सोओ। इन खर्राटों की आवाज में भला कोई सो सकता है ?

मेज पर रखा लंबा-चौड़ा लिफाफा। लैंप जलाया, तो उसकी गोल रोशनी में और चमकने लगा। मेरी बदहवासी पर हँस रहा हो जैसे।

मोटा लिफाफा। सादिया का खत और ढेर सारे रंगीन फोटोग्राफ। एक में मेरा पूरा परिवार—अविनाश, नेहा और खुद मैं। दूसरे में सादिया, उसका बेटा आरिफ, नेहा और मैं। हाँ वह फोटो अविनाश ने खींचा था। एक और फोटो था मेरा और सादिया का—हँसती-खिलखिलाती, एक-दूसरे के गले में बाँहें डाले दो सहेलियाँ। बाकी चारों फोटोग्राफ हमारी नेहा के थे। खुद सादिया ने खींचे थे ये फोटो।

और···हमारे गुलाब। उनके भी फोटो खींचे थे उन्होंने ! फिदा थे दोनों माँ-बेटे उन पर। भई, मेहनत भी तो करते हैं हम। अपने लॉन के एक-एक फूल और पत्ती को पहचानती हूँ मैं। मेरा प्राण बसता है उनमें। हर पौधे को खुद पानी देती हूँ···देखती, सहलाती हूँ। एक संवाद-सा चलता है उनके साथ। हर पौधा हिलता-डोलता कुछ कहता है। कोई हँसता-खिलखिलाता है, तो कोई शिकायत करता है। अद्‌भुत

संसार है इन पौधों का और अनोखा है उनका साथ। मेरी इस अंतरंग आत्मीयता के बलबूते पर ही हर फूल गर्वित मुद्रा में हिलता-झूमता अपना परिचय देता है।

गुलाबों की इसी शान पर मोहित थी सादिया !

"हाय आलोका ! दीज़ रोजेज़—टैरीफिक ! आरिफ़ इधर देखो। लवली रोजेज़।"

आरिफ खड़ा-खड़ा मुस्करा रहा था। वह देख रहा था गुलाबों के साथ-साथ अपनी माँ का गुलाबीपन···उनकी चपलता और खुशी।

"हाँ ममा ! बेहद खूबसूरत हैं। फैन्टास्टिक।"

"यू नो सादिया ! आ'म अलवऽ ऑव नेचऽ ! और ये गुलाब—ये तो मेरी जान हैं···" मैंने इठलाते हुए कहा।

"मालूम है, मुझे सब मालूम है।" फिर धीरे से मेरे कान में फुसफुसाई, "मेरे तो सब गुलाब मुरझाकर खत्म हो गए···क्यों ?" और मेरी ओर मानीखेज नजरों से देखती हुई फिक्क से हँस पड़ी।

"सद्दो !" मेरे मुँह से बेसाख्ता निकला ! उसकी सख्त गिरफ्त से मैं अपना हाथ नहीं निकाल पाई और उसका मुँह ताकती रह गई। सादिया, तू कुछ नहीं भूली है ! तू तो अभी तक वही पुरानी सद्दो है।

मेरे दिल में आया कि एक बार फिर उसे गले लगा लूँ। भींच लूँ अपनी बाँहों में, लेकिन मैं ऐसा कुछ भी नहीं कर सकी। मैं अब लड़कपनवाली उम्र में नहीं, बल्कि जिम्मेदार गृहिणी थी। सादिया भी भरे-पूरे परिवारवाली थी। हमारे अपने-अपने घर-संसार थे। वहाँ मेरी जवान बेटी नेहा मौजूद थी। सादिया का छह फुटा खूबसूरत बेटा, जो अमेरिका में कंप्यूटर इंजीनियर है, खड़ा था। हमारे बीच अब दुनियादारी थी। ऊँच-नीच···भला-बुरा था। समय के लंबे बहाव की जलधारा नदी की तरह हमारे बीच छलछलाती बह रही थी। इस बहाव ने हमें समझदार, गंभीर और संयत बना दिया था ?

मैंने सादिया को अब एक बार फिर देखा—भरपूर नजरों से। कंधों तक लहराते, बलखाते बाल ! कटीली तराशी भौंहें। चेहरे पर खासा भारी मेकअप ! कानों में बड़े-बड़े हीरों के झिलमिलाते इयरिंग। वैसा ही हीरों

के नेकलेस से भरा हुआ गला। अमेरिका में बसे व्यापारी पति की संपन्नता की संपूर्ण प्रतिनिधि के रूप में खड़ी मुस्कराती···चिकनी-चुपड़ी सादिया। एक क्षण को तो ईर्ष्या हुई मुझे। ऐसे गए-गुजरे तो हम भी नहीं हैं, लेकिन अमेरिका जाने के बाद सादिया का तो काया-कल्प ही हो गया। आखिर क्यों न हो। पति का लगातार फूलता-फलता व्यापार, अमेरिका का रहन-सहन, वहाँ की आबो-हवा, सुख-सुविधाएँ, रख-रखाव। अपनी उम्र से कहीं जवान लगती थी वह। कौन कहेगा कि चौबीस-पच्चीस साल के लंबे-चौड़े इस बेटे की माँ है ? बड़ी बहन जैसी लगती थी।

भीतर ही भीतर सिकुड़-सी गई मैं। लेकिन सादिया अगर आस-पास भी कहीं हो, तो संकोच जैसी चीज दूर-दूर तक नहीं फटक सकती।

"चल अक्कू, अंदर चलकर बैठते हैं। बच्चों को रहने दे बाहर···हाँ तो अब बता। तेरा हब्बी ऐसे ही पूरा दिन बाहर रहता है ?" सोफे पर पसर गई वह और उसकी बतकही चालू हो गई।

"जरा चाय तो बनवा दे···"

"अभी ले···" और मैंने रमेश को आवाज लगाई और चाय बनाकर लाने के लिए कहा। "कैसी चाय लेगी सद्दो। बिना दूध-चीनीवाली या स्पेशल इलायचीवाली, तेज पत्ती, तेज चीनी—ज्यादा दूध···" मैं उसकी ओर देखकर शरारत से मुस्कराई। बहुत-सी यादें जुड़ी थीं इस चाय से। यह रंजीत का तकियाकलाम हुआ करता था। रंजीत की चाय, यानी—इलायची वाली, तेज पत्ती, तेज चीनी, ज्यादा दूध—वह एक साँस में निर्देश देता था, जो हम लोगों को केमिस्ट्री के किसी फार्मूले की तरह याद हो गया था। जैसे ही मुझसे चाय के लिए कहता, मैं उसके आगे कुछ बोलने से पहले ही पूरा सूत्र दोहरा देती। बाद में तो सादिया, जो अक्सर दिन में मेरे कमरे में हुआ करती थी, वह भी ऐसे ही सूत्र दोहराती और खुद रसोई में चली जाती। रंजीत की स्पेशल चाय बनाने के लिए।

"सादिया ? तुझे मेरे गुलाब सचमुच पसंद आए ? मैं अभी एक गुलाब मलिका नूरजहाँ को भेंट करती हूँ।" मैंने हँसकर वातावरण को हल्का बनाना चाहा और उठने लगी।

“नहीं अक्कू ! अब कोई गुलाब नहीं ! मैं अब कुछ भी जमा नहीं करती…सिवा यादों के…” और उसने मुझे पकड़कर बिठा लिया।

दूर नजरें टिकाए न जाने कहाँ खो गई थी वह। किसी समुद्र की विशाल सतह पर तैरते-तैरते अचानक जैसे डुबकी लगाकर नीचे बैठ गई हो। मैं उसे बाहर लाना चाहती थी। मैं कहना चाहती थी कि सद्दो ! वक्त का सैलाब तूफानी होता है। तेजी से आता है और सबकुछ बहाकर ले जाता है, जो हमारा बहुत बेशकीमती होता है, उसे भी। और बहाकर दूर किसी अनजान टीले या मैदान में लावारिस छोड़ देता है। जिन यादों को तू गले से लगाए हुए है, पता नहीं, उनका कहीं कोई वजूद है भी या नहीं। अब तो जो वर्तमान है, वही सच है। वर्तमान में ही खुशियाँ हैं, हमारी-तुम्हारी-सबकी।

ड्राइंगरूम की खिड़की से बाहर लॉन का छोटा-सा टुकड़ा नजर आ रहा था और थे वहाँ झूमते-इतराते पीले-नारंगी गुलाब। दीवाली के आसपास की हल्की खुनकती शाम। फूलों की भीगी महक का एहसास कमरे में भी था। बाहर टहलते-बतियाते नेहा और आरिफ नजर आए। नेहा कुछ समझा रही थी और वह सुन रहा था ध्यान से।

जो मेरे दिमाग में है, क्या वही सादिया भी सोच रहीं है ? मेरे दिमाग में कौंधा और अचानक हम दोनों की नजरें मिलीं। सादिया की काली आँखें चमक रही थीं और उनमें मेरी परछाईं थी।

मैं उसकी ओर देखकर मुस्करा पड़ी। सादिया चुप थी। सन्नाटा ! सादिया की मौजूदगी में ऐसा सन्नाटा ! मेरे लिए यह मारक था। कुछ बोल सादिया। कुछ तो कह। किस्से सुना—अपने ! परवेज के ! अमेरिका के !! क्या करती रहती है वहाँ दिनभर। सुना है, सर्विस कर रही है ?…कुछ नहीं कहेगी, तो फिर मुझे ही बोलना पड़ेगा—“सादिया, कितने दिनों बाद मिले हैं न हम !”

“हूँ ! बहुत दिनों बाद…” उसने जवाब भर दिया।

मैं हिसाब लगाने लगी। हाँ करीब सत्ताईस साल तो हो गए।

“क्यों सादिया, इतने सालों में तू एक बार भी हिंदुस्तान नहीं आई ? कभी मिलने का दिल नहीं किया ?”

"हर दूसरे साल आई आलोका, लेकिन यहाँ आने की हिम्मत नहीं हुई। लखनऊ से ही लौट जाती थी।"

अब चुप होने की बारी मेरी थी। मेरे भीतर सागर-मंथन हो रहा था। क्यों हम एक-दूसरे के साथ यों लुका-छिपी खेल रहे हैं। सात समुंदर पार से वह मेरे पास पहली बार आई है। मुझे मालूम है वह क्या जानना चाहती है ? क्या कहना चाहती है।

"सादिया, यह नहीं पूछेगी कि रंजीत कहाँ है ? कैसा है ?"

"रंजीत।" सादिया पूरी घूम गई मेरी ओर। अपने पूरे वजूद को लिए-दिए भरपूर निगाहों से उसने मेरी ओर देखा। उसकी नजरें...धँस गईं गहरे तक मेरे भीतर।

मैं गवाह थी सादिया और रंजीत के रिश्तों की। मैं और सादिया बचपन के दोस्त थे। एक-दूसरे के परिवार के हिस्से, लेकिन कब सादिया और रंजीत के बीच गुलाब के फूलों का आदान-प्रदान होने लगा, इसका आभास मुझे तब हुआ, जब हमारे लॉन से गुलाब गायब होने लगे और पापा जिस-तिस पर बिगड़ने लगे।

दूसरी ओर सादिया बेगम इस तरह हाथ में गुलाब का फूल थामे कॉलेज आती, जैसे मलिका नूरजहाँ हों। फिर दिन भर की व्यस्तता के बाद वह फूल किसी किताब के पन्नों के बीच गुम हो जाता। जिस तेजी से सूखे गुलाबों के भार से उसकी किताबें मोटी होती जा रही थीं, उसी रफ्तार से सादिया और रंजीत एक-दूसरे के करीब होते जा रहे थे।

मैं भी समझ रही थी। मजे ले रही थी, लेकिन राजदार थी उनकी। उनके प्यार को सुरक्षा देना और दोनों परिवारों के संकट से उन्हें बचाना मुझे अपना पुनीत कर्तव्य लगता था। मैं बहुत खुश थी कि मेरे ऊपर एक बड़ी जिम्मेदारी आयत की गई है। और उसे पूरी मुस्तैदी से निभा रही हूँ।

फिर रंजीत इंजीनियरिंग करने रुड़की चला गया। दिलचस्प बात यह है कि भाई वह मेरा और खत आ रहे हैं सादिया के लिए। हाँ, उसी लिफाफे में एक छोटा-सा खत मेरे लिए भी होता, लेकिन मैं खुश थी। कहानी-किस्सों की तरह मुझे लगता कि रंजीत भी अपना फर्ज ठीक से निभा रहा है। अगर वह मुझे खत लिखता और सादिया की उपेक्षा

करता, तब जरूर मैं शर्मिंदगी महसूस करती कि मेरा भाई होकर वह प्रेम में धोखा दे रहा है, सादिया के साथ बेवफाई कर रहा है। मुझे खुशी थी कि रंजीत सच्चा और खरा है। कभी-कभी मैं गर्व से भर उठती। देखा रंजीत भैया, कितनी अच्छी है मेरी दोस्त कि तुम उस पर मर मिटे हो। और सादिया ! देखो, क्या कमाल का है मेरा भाई। लाखों में एक। तभी न तुम जैसी लड़की ने उसे पसंद किया है, उन दिनों मुझे लगता कि मुझ जैसा खुशनसीब इस दुनिया में कोई हो ही नहीं सकता।

कच्ची उम्र के उस रोमानी संसार से जब निकलना पड़ा, तो बाहर तूफान था। अँधेरा था और तेज हवाएँ थीं। यथार्थ की जमीन उतनी ही पथरीली और कँटीली थी। मैं और सादिया बी.ए. फाइनल की तैयारियों में थे और उधर सादिया के घरवाले उसका रिश्ता उसके ताऊ के लड़के से कर रहे थे। अब सादिया को साफ-साफ कहना ही पड़ा। सो उसने कह दिया और दो टूक कह दिया।

नतीजा ! बहुत कुछ और बहुत बुरा ! उसके पिता का हमारे घर आना। हमारे घर-परिवार के साथ बेहूदगी। धमकियाँ। फिर उनके साथ भी वैसी ही बेहूदगियाँ। गुंडों की तलाश होने लगी, जो धमकियों का जवाब दे सकें। रंजीत की तलबी हुई। उसकी स्वीकारोक्ति ! रंजीत ने भी कह दिया था कि अपनी पढ़ाई खत्म करके वह सादिया से ही शादी करेगा, वर्ना···

वर्ना···! सब हैरान ! किसी भूचाल जैसी अप्रत्याशित दुर्घटना थी वह। दोनों ही परिवार धराशायी हो रहे थे। एक तो प्रेम-विवाह, वह भी विधर्मी से ? एक घर का ईमान कर रहा था और दूसरे परिवार में मलेच्छ की घुसपैठ से सब कुछ अपवित्र हो रहा था। मामला सिर्फ दो परिवारों का ही नहीं, पूरे-पूरे समाजों की कशमकश का था। अनगिनत लोगों की इज्जत और जान दाँव पर लगी थी।

मैं बेबस थी। हाथ मलती हुई अपने सपनों का महल खंडहर होते देख रही थी। सभी बेबस थे। सादिया भी···रंजीत भी···घरवाले भी।

सादिया की याद मेरे लिए हमेशा महकते गुलाब की तरह रही। सादिया जबर्दस्ती अपने कुछ करीबी रिश्तेदारों के यहाँ बंबई ले जाई गई। वहीं परवेज के साथ उसका ब्याह हो गया और बंबई से ही उसे बिदा

कर दिया गया। अमेरिका ठेल दी गई वह। पता नहीं, किताबों में दबे उन ढेर सारे गुलाबों का क्या हुआ होगा ? झाड़ दिए गए होंगे धूल–मिट्टी के साथ।

पिछले सत्ताइस–अट्ठाईस सालों का सफरनामा सादिया की आँखों में तैर गया। बहुत भारी पड़ गया था शायद यादों का यह सफर···उसकी आँखें नम हो गईं।

"रंजीत अब बंगलौर में है, सादिया। बहुत बड़ी कंपनी में चीफ इंजीनियर है। धंस कर पैसे कमाता है और जम कर पीता–खाता है।"

सादिया की आँखों में बिजली–सी कौंधी। मैंने कहना जारी रखा। मौका है—सब कुछ कहना होगा। बंदरिया की तरह मुर्दा यादों को वह जिस तरह चिपकाए हुए है, तभी उससे मुक्ति मिलेगी। इस गहरे धंसे सूनेपन को साथ लिए कैसे परवेज को बरतती होगी यह। परवेज शायद इसके खिलंदड़े स्वभाव और जोरदार खिलखिलाती हँसी से अभिभूत हो जाता होगा। औरत के दिल की थाह इतनी आसानी से नहीं मिलती। संवेदना और विश्वास की डोर के सहारे ही उसके भीतर उतर सकते हैं। ऊपर से तो हर नदी का पानी एक ही तरह से बहता नजर आता है।

"सद्दो, रंजीत इतना मोटा हो गया है कि अगर उसे तू कभी देखे, तो पहचान नहीं सकेगी।"

"अच्छा !" कौतुक उतर आया उसकी आँखों में। "हो सकता है, न पहचान सकूँ। और···उसके गुलाबों का शौक···कैसा है अब ?" आखिरकार पूछ ही लिया उसने।

"गुलाब ?" मैं हँस पड़ी जोर से। "भाई साहब अब भूल चुके हैं। कौन–से गुलाब ? कहाँ के गुलाब ? ये सब पिछले जन्म की बातें हैं रंजीत के लिए। अब तो फुर्सत ही नहीं है उसे। सवेरे का निकला रात में घर आता है। माली ने जो लगा दिया—जैसा लगा दिया, वही चलता है बस ! उसकी बीवी को अपनी पार्टियों और मीटिंगों से फुर्सत नहीं है।"

"अच्छा···" और फिर किसी सोच में डूब गई वह !

तीन दिन सादिया हमारे साथ रही। इन दिनों लगता था, जैसे घर में रतजगा हो रहा हो। अविनाश उन तीन दिनों में इतना बोले, जितना

कुल मिलाकर तीन महीनों में बोलते। नेहा अपने कॉलेज की पिकनिक और ईवनिंग क्लब के सारे प्रोग्राम भूल गई। अविनाश को ढेर सारी स्वास्थ्य-संबंधी हिदायतें। मुझे मेकअप और कॉस्मेटिक्स के नुस्खे। घर की सजावट के नए-नए तरीके। नेहा को हेयर स्टाइल के टिप्स से लेकर कैरियर के बारे में सुझाव और अमेरिका आने का आमंत्रण। उसके बाद अपने कभी न खत्म होनेवाले किस्से। इसके ठीक विपरीत उसका बेटा आरिफ–जो सुनता और मुस्कराता रहता। जितना पूछो, उतना जवाब भर देता। उसे हिंदुस्तानी बोलने में दिक्कत होती थी और सादिया की सख्त हिदायत थी कि हिंदुस्तानी बोलो। हिंदुस्तान में अगर अपनी जबान की प्रैक्टिस नहीं करोगे, तो अमेरिका में क्या खाक मौका मिलेगा ? वो बेचारा इस बंधन की वजह से ज्यादातर खामोश ही रहता। हमने कहा भी कि वाह रे अपनी अम्मा का भक्त ! तेरा जवाब नहीं।

सचमुच, सादिया पूरे माहौल को जैसे आवेशित कर गई हो, घर का जर्रा-जर्रा सादियामय हो गया। जाने से पहले एक बार फिर फोटो सेशन हुआ। अब की बार हमारी बारी कम आई। उसका सारा स्नेह नेहा पर उमड़ पड़ा। अपनी खाला की लड़की की शादी में जाना था उसे। सो भारी लचकेदार गरारे-शरारे लेकर आई थी। न जाने क्या सूझा उसे कि अपना गरारा सूट और सारे हार झूमर नेहा को पहना दिए और दनादन उसकी कई तस्वीरें खींच डालीं।

जाते समय खासी भावुक हो गई थी वह। नेहा को बहुत प्यार किया उसने। मेरे गले लग गई। नेहा को देखो ! कुल तीन दिन की जान-पहचान और सादिया आंटी के जाने पर इतनी भावुक हो गई कि सुबकने लगी। मुझे थोड़ा गुस्सा भी आया। अरे, रोना ही था, तो मैं रोती। तू कितना जानती है आंटी को। बहरहाल, मैंने उसे चुप कराया और थोड़ा डाँटा भी। इतनी भावुकता ठीक नहीं होती।

लेकिन अब, इस खत को पढ़कर तो मुझे रोना आ रहा है। दिल बैठा जा रहा है मेरा।

"अविनाश···अविनाश" मैंने आवाज देकर अविनाश को जगाने की कोशिश की, लेकिन वो कहाँ सुननेवाले ! पकड़ कर हिलाया, तो उन्होंने करवट बदल ली। क्या करूँ ? सवेरे ही बात करूँगी। यह तो अच्छा ही हुआ कि नेहा आजकल यहाँ नहीं है।

उसके हाथ यह खत लग जाता, तो बुरा होता। वह तो तभी आँसू बहा रही थी सादिया आंटी के लिए।

सादिया, तू भी कमाल करती है। मुझे मालूम है कि नेहा को तू अपने आरिफ के लिए माँग रही है, तो मुझसे ज्यादा ही उसे प्यार देगी, लेकिन मैं जानती हूँ, इस सबके पीछे भी तेरा रंजीत है···तेरे सूखे गुलाब हैं···तेरा दफन हुआ सपना है। कहाँ-किस कोने में-कैसे छिपाए रख सकती है तू वे दिन। तूने लिखा है, "हमारी मजबूरी इसलिए थी अक्कू कि हम तुम हिंदुस्तान में रहते थे। अगर हम लोग कहीं किसी और मुल्क में—यहाँ अमेरिका में रहते, तो गुलाब बदस्तूर उगते। हम सब गुलाबों के बीच महकते। हाँ, हम सब ! लेकिन अब तो जमाना बहुत बदल गया है। अब शायद ऐसे रिश्ते झगड़ों का—नफरत का कारण बनेंगे। मैं चाहती हूँ अक्कू कि नेहा और आरिफ के रिश्तों के जरिए हमारी दोस्ती एक मिसाल बने। नए रिश्तों के सहारे हम अपने पुराने सपनों को फिर पूरा करें। हमारी जिंदगी में एक बार फिर गुलाब महकें। नेहा मुझे पसंद है। आखिर तुम्हारी बेटी है न । आरिफ को तुमने देख ही लिया है। जिस तरह के ऐब और आदतों का हम अमेरिका में तसव्वुर कर सकते हैं, उन सबसे बचा हुआ है अभी तक। आगे की कह नहीं सकती। मुझे उम्मीद है, तुम्हें यह रिश्ता मंजूर होगा···"

सादिया मेरी प्यारी सादिया। मैं कैसे कहूँ कि हम लोग ऐसे समाज में हैं, जहाँ हम एक कदम आगे बढ़ते हैं और दो कदम पीछे हटते हैं। हम सब आज भी मुखौटे लगाकर जी रहे हैं। मेरी प्यारी सद्दो !

तुम्हारा आरिफ बहुत अच्छा है। लाखों में एक। सबसे बड़ी बात यह है कि वह तुम जैसी मेरी प्यारी सहेली का बेटा है, लेकिन हम सब अपने-अपने खोल में रह रहे हैं। हम आधुनिकता की एक ऐसी हवाई डोर से बँधे बीच में अटके हैं कि न सीधे ऊपर जाते बनता है और

न ही जमीन पर उतरते। हम सब कायर और कमजोर लोग हैं, सादिया।

तुम हम बौनों के बीच आकर क्यों फँस गई हो···नेहा और आरिफ का रिश्ता ! लेकिन कैसे ! लोग क्या कहेंगे···?

सोचते-सोचते मैं घबड़ा गई। मुझे लगा कि सादिया मेरे सामने खड़ी है और जवाब माँग रही है। मैं सादिया और रंजीत के रिश्तों की गवाह। उनके रिश्तों की राजदार···संरक्षक और पहरेदार। मैं किस मुँह से सादिया को इंकार करूँ। क्या कहूँ ? क्या बहाना बनाऊँ।

"अविनाश, प्लीज उठो ! अविनाश !! अविनाश !!!" पागलों की तरह मैंने अविनाश को झिंझोड़ दिया। मुझसे अब बर्दाश्त नहीं हो रहा था। सोच-सोच कर जैसे गले में कुछ अटक रहा था।

अविनाश एकदम उठकर बैठ गए, झटके के साथ–किसी अनहोनी की आशंका से। एकदम नींद से उठा दिया था मैंने, सो घबड़ा गए थे वह।

"क्या हुआ ? हैं ! बोलती क्यों नहीं, क्या हो गया ?" लगभग चीख पड़े वह।

मैं रुआँसी हो गई। नहीं, रोने लगी सचमुच।

"तुम पंद्रह दिनों के भीतर नेहा का रिश्ता कर दो। जल्दी करो अविनाश···"

नींद से भरी आँखें खोलकर अविनाश मेरा मुँह ताकने लगे।

"तुम···तुम ठीक तो हो। तुम्हारी तबीयत···"

"नहीं अविनाश। यह काम बहुत जल्दी होना है। पिछले हफ्ते कर्नल आनंद की मिसेज क्लब में मिली थीं। वह फिर अपने भतीजे का जिक्र कर रही थीं। तुम्हारी मेरठवाली बुआजी का खत ! वे भी तो एक डॉक्टर के लिए···"

"मैडम, बारह बजनेवाले हैं। आधी रात को सिर्फ यही कहने के लिए तुमने मुझे नींद से जगाया", अविनाश अब कुछ सहज हो चले थे। सो, मेरी जान में जान आई।

"नहीं अविनाश ! तुम नेहा का रिश्ता···कहीं पक्का कर दो, जल्दी से···तभी मैं उसे जवाब दूँगी। लिख दूँगी कि सादिया···।"

स्वाँग

प्रियश्री

सच मानो, मन को बहुत साधना पड़ा है इस संबोधन के बाद। वर्ना यह कागज भी मुड़-तुड़कर रद्दी की टोकरी में चला जाता। कायदे से औपचारिक संबोधन ही होना चाहिए। यानि श्री विनय मोहन जी··· लेकिन यह लिख न सकी। ऊपर लिखा हुआ काटा भी नहीं ताकि तुम मेरी दिमागी हालत को समझ सको। इसे कोई नाटक या ढोंग मत समझना। तुम तो यूँ भी मानव मनोविज्ञान के धुरंधर रहे हो। इतने बरसों बाद तुम्हें देखना और वह भी इस हाल में। ये मेरे लिए साक्षात् मरण था।

मुझे देखकर तुम शायद ठट्ठे मारकर हँसना और मेरा मखौल बनाना चाहते थे। लेकिन हिम्मत नहीं कर पाए थे। वहाँ मौजूद अन्य लोगों से अलग ऐसा कुछ करने की गुंजाइश नहीं थी। मुझे भी तुम्हारी मौजूदगी बहुत अजीब लग रही थी। डर भी था कि मेरे पाँच-छह बरस के किए-धरे पर पानी न फिर जाए। साफ कहूँ कि जो नाटक मैंने इतने बरसों की मेहनत से खड़ा किया है उसकी पोल न खुल जाए। तुम मेरी चार सौ बीसी का साक्षात् दर्शन करने और मुझे एक्सपोज़ करने आए थे, लेकिन माहौल देखकर खामोश रह गए थे हालाँकि भीतर ही भीतर गुस्से से फनफना रहे थे। हो सकता है जिस तरह तुम जिन्दगी के रास्ते में मुझे अकेला छोड़कर भाग गए थे, उस पर शर्मिंदा होने की एवज में मेरी नादानी को क्षमा कर देने जैसा भाव तुम्हारे मन में आ गया हो। मैंने भी तुम्हें वहाँ मौजूद अपने भक्तों और दर्शनार्थियों का हिस्सा

समझकर तुम्हारी ओर विशेष ध्यान नहीं दिया। मुझे मालूम है इससे तुम आहत हुए थे और मेरे पाखंड पर तिलमिला रहे थे। दरअसल वह समय मेरा खुद का नहीं बल्कि दूसरों के लिए था।

तुम्हारा क्रोध···सच कहूँ तो तुम्हें इस तरह रिएक्ट करने का हक नहीं। तुम बेचारे हो सकते हो लेकिन सिर्फ सविता आंटी के लिए। मेरे मन में अगर हमदर्दी है तो वह भी सिर्फ उन्हीं के लिए है।

फैलोशिप पर तुम्हारे जर्मनी जाने के बाद सविता आंटी अक्सर हमारे घर पर आने लगीं। मेरे साथ ठीक वैसा ही व्यवहार करतीं जैसे कोई माँ अपने बेटे की होनेवाली दुल्हन के साथ करती है। बहुत दुलारतीं मुझे। मम्मी अब उनकी खूब खातिर करने लगी थीं। पहले से जान-पहचान और अपनत्व तो था ही। सविता आंटी हमारे मुहल्ले-पड़ोस की ही नहीं, मेरी मम्मी की सहेली भी थीं। तुम तो आंटी को शादी के लिए अपनी पसंद भर बता कर चले गए थे। अब आंटी के जिम्मे था कि वह बेटे की अमानत सहेज कर रखें। मम्मी जैसा ही स्नेह आंटी से भी मैंने पाया—अगर यह कहूँ तो गलत नहीं होगा।

वीनू, कुदरत हम लोगों के साथ कितने मजाक करती है। क्या खूब तमाशे दिखाती है। स्वर्ग-नरक जैसी बात तो हम लोग नहीं मानते, लेकिन अगर कहीं कुछ है तो इसी धरती पर है। जीते जी हम सबकुछ यहाँ पाते हैं और भुगत लेते हैं।

ओ बाबा, भूल हो गई। तुम कहोगे कि ये ढोंग रचाते-रचाते मैं एकदम ही भ्रष्ट हो गई हूँ। तुम यह भी कहोगे कि तुम्हारी ट्रेनिंग···तुम्हारा सिखाया-पढ़ाया एकदम बेकार हो गया। सब भुला दिया मैंने। नहीं वीनू···वह पढ़ाई मेरी तब पूरी हुई जब खबर मिली कि तुमने तय कर लिया है कि तुम वापस लौटकर नहीं आओगे। सारे कस्मे-वादे तोड़कर तुमने वहीं जर्मनी में रहने और अपनी जर्मन सहयोगी से शादी करने का फैसला कर लिया था। हम लोगों के लिए यह एक बम विस्फोट की तरह था। मेरी जिस खुद्दारी और आत्मविश्वास (और न जाने क्या-क्या) की बात तुम किया करते थे, अब उसी का इम्तिहान था। तुमने लिखा था कि बुरा मानने की जरूरत नहीं है मुझे। ऐसा तो आजकल

होता रहता है। आधुनिक जीवन के रस्मो-रिवाज़ और तौर-तरीके हैं यह सब। इस घटना को बहुत दिल पर न लूँ और मैं भी कहीं और शादी करके खुश रहूँ।

तुम्हारी पूरी हिदायतों के बावजूद मैं आधुनिक होकर नहीं सोच पा रही थी। मैं एक संस्कारगत मिडिल क्लास औरत की तरह से व्यवहार कर रही थी। ईमानदारी से कहूँ, उस समय सिवाय अपनी जिंदगी को खत्म करने के मुझे कुछ भी नहीं सूझ रहा था। आधुनिक जीवन की तुम्हारी सीख हममें से किसी के दिमाग में नहीं बैठ पा रही थी। घर में मौत का सा सन्नाटा छाया हुआ था। हम सब एक-दूसरे से आँख चुरा रहे थे और सामने नहीं पड़ रहे थे। अगर सामने पड़ भी गए तो नॉरमल दिखने की कोशिश में लगातार एबनॉरमल हो रहे थे। दुनिया का एक आश्चर्य कि पापा टेलीविजन पर फिल्म देखने की कोशिश करने लग रहे थे और लगातार बोलने की कोशिश में हीरो-हीरोइनों के नाम और उनके कारनामे ऐसे जोर-जोर से बता रहे थे जैसे उद्घोषणा कर रहे हों। अंत में जब अभिनय बेहिसाब भारी होकर बर्दाश्त से बाहर होने लगा तो वे भी अपने कमरे में बंद हो गए।

तुम कहोगे कि आज तुम्हारी बीमारी की हालत देखकर मैं पुराने गिले-शिकवे लेकर बैठ गई हूँ और तुम्हारी लानत-मलामत करने की गरज से यह सब सुना रही हूँ। विश्वास मानो, अपना दुख, अपने गिले-शिकवे मैं उस दिन भूल गई, जब मैंने तुम्हारी मम्मी को बाजार में देखा। आंटी के साथ तुम्हारी बनारसवाली मौसी थीं। ताज्जुब, नंदा मौसी को तो मैं तुरंत पहचान गई लेकिन आंटी को पहचानने में समय लगा। नहीं, ये मेरी बेरुखी नहीं थी, बल्कि आंटी की हालत थी। कुछ ही समय में क्या शक्ल हो गई थी उनकी। एकदम बुढ़ा गई थीं वह। मैं तो धक् रह गई उन्हें देखकर।

तुम फिर मुँह बना रहे होगे कि मैं यह सब सुनाकर तुम्हारे भीतर अपराध-बोध पैदा करने की चालाकी कर रही हूँ। नहीं वीनू ! तुम्हें न देखा होता⋯तुम यहाँ न आए होते तो शायद कभी कोशिश करती। हो सकता है कि न भी करती क्योंकि एक स्थिति के बाद बहुत-सी बातें,

बहुत-से लोग धीरे-धीरे अप्रासंगिक होने लगते हैं। या कहें कि उनके होने का अर्थ, उनकी अहमियत खत्म होने लगती है। फिर कहती हूँ कि मैं टिपीकल पलायनवादी की तरह से बात नहीं कर रही हूँ और न इसलिए कि अंगूर खट्टे हैं।

हाँ ! जो खट्टापन पैदा हुआ था, वह सारा सविता आंटी को देखने के बाद धुल गया। मैंने घर आकर मम्मी को बताया और हम दोनों उनके पास पहुँचे। हम लोग तो आहत थे। बेहद आहत। शर्मिंदगी भी थी क्योंकि छले गए थे। अपने वजूद के अस्वीकृत होने की वजह से भी मुझे शर्मिंदगी थी, जो लगता था कि इस जनम में नहीं जाएगी। झुका हुआ सिर नहीं उठ पाएगा। लेकिन आंटी ? उनकी हालत तो हमसे भी ज्यादा बुरी थी। वह भी आहत थीं। शर्मिंदा थीं। छली गई थीं और सबसे बड़ी बात कि उनकी जिंदगी का जिस पर दारोमदार था, उसने ही उनके साथ छल किया था। मुझे लगा कि मेरे सामने तो अभी पूरी जिंदगी है···ढेरों रास्ते हैं···अनगिनत अवसर हैं लेकिन आंटी। उनका तो जैसे जीवन आधार ही खत्म हो गया हो। मेरी और तुम्हारी अंतरंगता बमुश्किल दो साल की थी। उसे जवानी का जोश भी कह सकते हैं। मेरी जगह तुमको कोई और लड़की या तुम्हारी जगह मुझे कोई और उपलब्ध होता और ऐसी ही निकटता के अवसर होते तो भी शायद ऐसे ही भावनात्मक संबंध बन गए होते। लेकिन आंटी के लिए तो तुम्हारे अलावा कोई और था ही नहीं। तुम्हारी जिंदगी के एक-एक पल के साथ उनकी साँसें जुड़ी हुई थीं। वह जिस टूटन की शिकार थीं, उसकी भयावहता की कल्पना कर मैं सिहर उठी और मैंने आंटी को अपनी बाँहों में ले लिया था। उनकी टूटन की एक-एक किरिच आँखों के रास्ते से निकल रही थी जिसे वह अब तक जब्त किए थीं और भीतर-ही-भीतर लहूलुहान हो रही थीं। मैं उन्हें थपक रही थी, दिलासा दे रही थी। उन्हें सँभाल रही थी। उन्हें सहारे की सख्त जरूरत थी। मैं उनकी ओर हाथ बढ़ा रही थी और आंटी ने मेरे बढ़े हुए हाथ को थाम लिया था।

ना ! यह मत कहना कि मैंने तुम्हारी मम्मी पर कोई अहसान किया। यह तुम्हें नकारने की कोशिश थी जो न सिर्फ मेरे लिए बल्कि

आंटी के लिए भी बहुत जरूरी था। इसके अलावा आंटी को कम से कम अपनी तरफ से किसी अपराध-बोध से बचाना चाहती थी मैं। उनकी जिंदगी को पहले की तरह सामान्य बनाने की कोशिश थी मेरी और मुझे खुशी है कि मैं काफी हद तक सफल भी हुई। एक बात और–तुम्हारी मम्मी को सामान्य होने से मुझे भी सामान्य होने में बहुत मदद मिली और सब कुछ पहले जैसा चलने लगा। इसीलिए यह सब कुछ हमने अपनी खातिर किया। ये तुम समझ रहे होगे।

देखो न ! सब कुछ सामान्य न होता तो आंटी तुम्हें लेकर मेरे पास न आतीं। उन्हें विश्वास है कि मेरे भीतर सचमुच कोई दिव्य शक्ति पैदा हो गई है। तुम जानते हो मुझे हाथ की लकीरें पढ़ने का बहुत शौक है। इधर-उधर पामेस्ट्री की किताबें पढ़कर अपने दोस्तों के बीच, कॉलेज के दिनों में गप्पें हाँकने में बहुत मजा आता था। उस उम्र में अजीब ललक होती है अपना भविष्य जानने की। यूँ तो यह इच्छा किसी को भी हो सकती है लेकिन स्कूल-कॉलेज के दिनों में यह भावना इतनी जबरदस्त होती है कि बस पूछो मत। मालूम भर पड़ जाए कि कोई कुछ बता सकता है और मधुमक्खी के छत्ते की तरह सब वहीं पहुँच जाती हैं। पूछने के लिए भी क्या···शादी···धन दौलत। कोई कैरियर के लिए पूछ लेगी और फिर कि विदेश जाना होगा कि नहीं। थोड़ा कॉमनसेंस और मनोविज्ञान और थोड़ा हाथ की लाइनों द्वारा सामान्य स्वभाव की जानकारी और आप किसी भी तरह की भीड़ में आकर्षण का केंद्र बन सकते हैं। मुझे अच्छा लगता था कि सब लोग मेरे आस-पास घिरे रहें और मैं, ज्योतिषाचार्य···हस्तरेखा विशारद···न जाने क्या-क्या नाम देती थीं मेरी सहेलियाँ, की उपाधियाँ पाकर सबके बीच हीरोइन बनी रहूँ।

मेरे इस शौक की तुम अक्सर खिंचाई करते रहते थे कि मैं फालतू बातों में अपना कितना वक्त खराब करती हूँ। खासतौर पर जब मैंने यूँ ही मजाक में कह दिया था कि वीनू, हम लोग जल्दी ही शादी करनेवाले हैं लेकिन मेरे हाथ में अभी हाल फिलहाल तो शादी की लाइन दीख नहीं रही···

बहुत नाराज हुए थे तुम। मैं तुम्हें लाख विश्वास दिलाती रही कि

मैं भी इन चीजों पर विश्वास नहीं करती⋯कि ये सब सिर्फ खाली वक्त का शगल है⋯मैंने तुम्हारा यह आरोप स्वीकार कर लिया कि सबका ध्यान अपनी ओर खींचने का एक बहुत ही जाहिलोंवाला बैकवर्ड तरीका है यह। तुम बहुत मुश्किल से यह माने थे कि मैंने सिर्फ मजाक किया था⋯तुम्हें तंग करने के लिए।

इत्तफाक देखो। कभी-कभी कोई मजाक, कोई बे-सिरपैर की बात भी सच हो निकलती है। इसे ही संयोग कहते हैं।

लेकिन, यह भी सच है जो अब तुमने देखा है ! अब की बार यह सब मैंने दूसरों के आकर्षण का केंद्र बनने के लिए नहीं किया। मैं और बहुत-से ऐसे काम कर सकती थी कि लोग मुझे जानते। मेरी ओर खिंचते। मेरे पास आते। मुझे महत्त्व देते। आखिर मैं पढ़ी-लिखी हूँ⋯खासी अच्छी नौकरी है मेरी। शक्ल-सूरत भी अच्छी-भली है। तो फिर यह ढोंग ही क्यों ? कहीं औरों की तरह तुम भी तो यह नहीं सोच रहे कि मैं तुम्हारी मुहब्बत में नाकाम रही इसलिए जोगन का रूप धारण कर लिया है।

सच मानो, यह ढोंग मैंने अपने लिए नहीं रचा। अपने आसपास की निर्ममता और हृदयहीनता को खत्म करने का यह एक तरीका समझ आया था मुझे। तब लगा कि शायद इस पाखंड से मैं एक गलत चीज को ठीक कर सकती हूँ। सच पूछो तो मैंने इस रूप में यह चाहा भी नहीं था। खुद-ब-खुद सब कुछ इस तरह हो गया कि मैं चक्रव्यूह में फँसती चली गई। फिर एक स्थिति आई कि जो कुछ हो रहा था उसे मैंने उसी रूप में स्वीकार कर लिया।⋯और अब, यह इमारत ईंट-दर-ईंट इस कदर ऊँची उठ गई है कि इसे ढहाना नामुमकिन है। इसके ढहने से न सिर्फ मैं खत्म हो जाऊँगी बल्कि ढेर सारे लोग भी इसके नीचे दफन होंगे, जिनकी आस्था मेरे ऊपर है और शनिवार को सवेरे के समय मेरे मुँह से निकाला एक-एक शब्द उनके लिए ईश्वर का आदेश होता है।

तुम कह रहे होगे कि तुम मेरा विरोध करोगे। वीनू कभी-कभी तो मुझे भी शक होने लगता है। हो सकता है कि पूरी एकाग्रता से अपने

समस्त विचारों को अपने एक उद्देश्य बिंदु पर केंद्रित करने से दिमाग का कोई छिपा खजाना खुल जाता हो। कोई विशेष, शक्ति पैदा हो जाती हो। क्यों ? पहले तो नहीं लेकिन आज मुझे ऐसा ही महसूस हो रहा था जब सविता आंटी के साथ मैंने तुमको अपने सामने खड़े देखा।

मुझे मालूम है जब आंटी ने तुमसे मेरे बारे में यह सब कहा होगा तो तुम उन पर बहुत बिगड़ना चाहते होगे, लेकिन चुप लगा गए होगे। चुप इसलिए क्योंकि अब तुम एक हारे हुए इंसान हो। अपनी पूरी जिंदगी को हारकर एक ऐसे हरहराते वीराने में खड़े हो जहाँ तुम्हारा अपना कहने के लिए कोई नहीं। एकदम खुली मुट्ठी है तुम्हारी। पहले तुम्हारी पत्नी तुम्हें छोड़ गई। अब तुम्हारी साँसें तुम्हें धोखा दे रही हैं। कैंसर से लड़ते हुए जिंदगी के इस मोड़ पर तुम्हें अपना वतन याद आ गया। अपना घर…अपनी मम्मी याद आने लगीं। मुझे यकीन है कि मैं भी तुम्हें याद आई होऊँगी हालाँकि तुम मानोगे नहीं और न किसी पर यह जाहिर करोगे। इसलिए आंटी के कहने पर तुम दरअसल मेरे सत्संग में नहीं बल्कि मुझे देखने आए थे कि मैं कैसी हूँ ? किस तरह जी रही हूँ ? तुम मुझे यह भी दिखाने आए थे कि तुम्हें मेरी ओर से कोई अपराध-बोध नहीं है…कि जो कुछ हुआ वह अपनी जगह पर ठीक हुआ था और अब जो हो रहा है वह महज एक इत्तफाक है, किसी के साथ हो सकता है। आखिर इस दुनिया में लाखों लोग हैं, जो कैंसर के मरीज हैं और रोज मरते हैं। तुम मुझे अपनी बहादुरी भी दिखाने आए कि आखिरी पल तक तुम जिंदगी को अपने तरीके से जीओगे। वैसे ही जीवट के बने रहोगे और सामान्य तरीके से जिंदगी को एनजॉय करोगे।

तुम्हारी इस जिंदादिली और जीवटपने की मैं कायल हूँ और हमेशा रहूँगी। यही मैंने तुमसे सीखा भी, जिसने तुम्हारे बगैर जिंदगी जीने में बहुत मदद की। मुँह मत सिकोड़ो और न ही माथे पर बल डालो। मैं कतई तुम पर व्यंग्य नहीं कर रही हूँ बल्कि ईमानदारी से कबूल रही हूँ तुम्हारे सामने। शायद मेरी स्वीकारोक्ति से तुम्हें बल मिले। तुम्हारे लुटे-पिटे आत्मविश्वास को सहेजने में तुम्हें मदद मिले।

दरअसल उस हादसे के बाद मैं सविता आंटी के पास लगभग रोज़

जाने लगी थी। मुझे तो वह पहले से ही बहुत लाड़-दुलार करती थीं लेकिन अब उनके पास मेरा रहना एक खास मकसद था। मैंने उन्हें पहले की तरह सामान्य बनाने की और यह विश्वास दिलाने की कोशिश की थी कि हम दोनों के साथ विशेष कुछ भी नहीं घटा है। सपनों का मर जाना खतरनाक होता है—तुम सुनाया करते थे। मैं समझती हूँ कि सपनों का शून्य हो जाना उससे भी भयावह स्थिति होती है। कभी-कभी जब उजाला मयस्सर न हो तब अँधेरे ही सही। यह स्थिति कभी बदलेगी—यह उम्मीद बनी होती है, लेकिन भीतर से एकदम शून्य हो जाना...न अच्छा और न बुरा, कुछ भी न महसूसना...यह शून्यता की स्थिति आदमी को एकदम निहत्था ऐसी रणभूमि में खड़ा कर देती है, जहाँ चारों ओर से प्रहार हो रहे हैं और शरीर छलनी हो रहा है लेकिन आप उँगली तक हिलाने में असमर्थ हैं। आपका पूरा वजूद जगह-जगह से धसक-पिचक रहा है क्योंकि भीतर कुछ नहीं है। सब खाली...शून्य है।

मैंने उनके शून्य को भरने में सफलता हासिल की। हम दोनों का दर्द एक ही था। चोट एक थी। सिर्फ आकार-विस्तार में अंतर था और अब यह अंतर तिरोहित हो चला था। हमारी भावनाएँ और संवेदनाएँ एकाकार हो गई थीं और उपजा था हमारे बीच एक नया रिश्ता...और नया विश्वास। मैं अगर किसी एक को भी डूबने से बचा पाई तो समझूँगी कि मेरा जीना सार्थक हुआ...इस सूत्र को पकड़कर तुम्हारी मम्मी से जो काम शुरू किया था वही सूत्र आज फैलते-फैलते इतना व्यापक हो गया है जो तुमने आज आकर देखा। ...और आंटी का मुझ पर भरोसा तो देखो। उन्हें यह विश्वास है कि तुम अगर मेरे पास तक आ पाए और मैंने तुम्हें माफ कर दिया तो तुम अपनी बीमारी से...यंत्रणा से मुक्त हो जाओगे। वीनू, माँ का दिल ही इतना विशाल हो सकता है। अनगिनत समुद्र भी आपस में मिल जाएँ तो इसके विस्तार और इस प्रेम की गहराई को छू नहीं सकते। अपनी जर्मन बीवी से तलाक और कैंसर जैसा रोग...अंत में हारकर अचानक तुम चले आए...और माँ का दिल देखो—कि उसने फिर तुम्हें गले लगा लिया। प्लीज, टोकना मत कि मैं चौथी क्लास के बच्चे की तरह माँ की ममता पर लेख लिखने बैठ गई हूँ। यह हमारे

समय की ट्रेजेडी है कि इंसान होने की आधारभूत शर्तें हम लोग न सिर्फ भूल रहे हैं बल्कि उन्हें बीते जमाने की पिछड़ी बातें समझकर अस्वीकृत कर रहे हैं। हम आपसी रिश्तों की संवेदना को, एक-दूसरे के लिए कुछ महसूसने को कंप्यूटर युग की प्रगति में बाधा समझ रहे हैं और अपने दिल के गड्ढे में सिलिकन चिप्स भरकर बड़ा सुपर कंप्यूटर बन जाना चाहते हैं।

सॉरी ! अब कोई लेक्चर नहीं। मैंने तुमसे वादा किया है कि तुम्हें बताऊँगी कि इस तामझाम का मतलब क्या है ? तुम आंटी के साथ मेरे साप्ताहिक सत्संग में आए। दरवाजे पर खड़े कौतुक भरी नजरों से तमाशा देखते रहे। आंटी भीतर आना चाहती थीं। उन्होंने तुम्हें हल्का-सा टोहका भी दिया। तुमने एक विद्रूप भरी नजर मेरी ओर डाली। तुम्हारी निगाहों में मेरे लिए उत्सुकता के साथ किंचित् अपमान भी था और शायद थी मेरे लिए लबालब दया। मेरा ऐसा पतन ? मैं और ऐसी नाटकीय अवस्था में। लोगों को मूर्ख बनाते हुए...ढोंग रचाते हुए...स्वाँग करते हुए। छी...छी। आंटी को परे हटा तुम जोर-जोर से कदम रखते हुए भीतर चले गए थे मेरी मम्मी के पास। वैसे बुरा न मानो तो एक बात कहूँ। इस बीमारी ने तुम्हें गेट पास दे दिया है कि बिना शर्मिंदा हुए तुम सबसे बेखटके मिल लो। तुम्हारे सारे खून माफ कर दिए गए हैं। हैं न !

लेकिन मैं इस ढोंग से कोई फायदा नहीं ले रही। कोई कमाई नहीं कर रही। हफ्ते में एक दिन अगर लोग मेरे पास अपनी परेशानी, अपने दुख-दर्द लेकर आते हैं और मैं यथा-संभव उन्हें कुछ सार्थक सुझा देती हूँ तो इसमें गलत क्या है ? रही पूजा के कमरे की बात...मेरे नहा-धो कर और सफेद साड़ी पहनकर बैठने की बात—इसमें भी कोई हर्ज नहीं है। संतई की वेशभूषा में लोग मुझ पर आस्था रखते हैं। तुम्हें मालूम है यह सब क्यों हुआ ! कैसे हुआ ! क्यों यह स्वाँग धारण किया मैंने ? शायद इसकी वजह से ही तुम्हारी मौसेरी बहन की लड़की की जान बच पाई थी। जी हाँ। उस जैसी न जाने कितनी लड़कियाँ आज हर रोज, गली-मुहल्लों में मर रही हैं, लेकिन किसी के कानों में जूँ नहीं रेंगती। किसी का हियरा एक सेकंड के लिए भी नहीं डोलता। बहुत संक्षेप में

तुम्हें मैं किस्सा बताती हूँ।

उन दिनों ! सविता आंटी की तबीयत काफी ठीक हो चली थी। मेरा रिजल्ट निकलते ही मुझे कॉलेज में लेक्चररशिप मिल गई थी। अब मेरा लगभग नियम बन गया था कि हर इतवार मैं आंटी के साथ बिताती। मैं अक्सर उन्हें मजाक में छेड़ा करती, "आंटी, नुकसान में तो नहीं रहीं आप। बेटा गया तो उसकी जगह पर बेटी और बहू दोनों मिल गईं। टू-इन-वन···क्यों आंटी···।" पहले तो वह मजाक सुनकर अटपटा महसूस करने लगतीं···उदास हो जातीं। बाद में वह सहज हो चलीं और हँसने लगीं।

उन्हीं दिनों तुम्हारी नंदा मौसी की बेटी रूपा भी आंटी से मिलने आई थी। हाँ, वही रूपा, शादी के बाद जिसकी ससुराल में एक लफड़ा हो गया था और तुम भी भागे हुए गए थे मदद के लिए।

वह रूपा अब एकदम रूपहीन हो गई थी। अजीब चिड़चिड़ी और सनकी। ताबड़तोड़ एक के बाद एक दो लड़कियाँ। पुत्र-प्राप्ति की आशा में उसके तीसरे प्रयास में सफलता और असफलता आधी-आधी रही। यानि दो जुड़वाँ बच्चे। एक लड़की और एक लड़का। अपनी चारों संतानों के साथ रूपा उन दिनों आंटी के पास थी। उन्हें देखने का तो बहाना रहा होगा। घर-गृहस्थी के जंजाल से निकल कर आई होगी वह, थोड़ी देर खुली हवा में चैन की साँस लेने, रिलेक्स होने।

लेकिन वीनू ! मैं तो हैरान हो गई। वह एक नई रूपा थी। कर्कश, चिड़चिड़ी और गुस्सेबाज़। बड़ी दो लड़कियाँ तो फिर भी पल रही थीं, तीसरी नन्ही लड़की को मारने की पूरी कोशिश कर रही थी रूपा। लड़के के मुँह में दूध की बोतल···और लड़की यूँ ही पड़ी चीख रही है। लड़का गर्म चादर में लिपटा हुआ···लड़की उघड़ी, पेशाब में भीगी लिथड़ रही है। उस दिन भी वह चीख-चीखकर हलकान हो रही थी। उसका मुँह लाल पड़ गया था और रूपा थी कि इत्मीनान से लड़के को पैरों पर लिटाये तेल चुपड़ रही थी। उस पर कोई असर नहीं। पूरे इंतजाम कि लड़की को खत्म कर दिया जाए। दोनों बड़ी बच्चियाँ वैसे ही सहमी-सहमी फिरा करती थीं।

मैंने लपककर बच्ची को उठा लिया था।

"रूपा ये क्या करती हो ? मार ही डालोगी क्या इसे ?" मैं तैश में थी। रूपा पर कोई असर नहीं हुआ।

"दीदी, मर ही जाए तो मेरा पिंड छूटे। मेरे लिए तो बवाले जान है। किस-किस को देखूँ ?" वह अब भी वैसी ही उदासीन थी जैसे कि कुछ हुआ ही न हो।

"मुझे बताओ, कहाँ है इसकी दूध की बोतल…" और सचमुच बोतल मुँह में लगाते ही वह सात-आठ महीने की बच्ची हपक्-हपक् कर दूध चूसने लगी। उसकी हिचकियाँ अभी जारी थीं।

मैं देख रही थी उस माँ की ओर। यह भी एक रूप था। मैं बच्ची की बंद हथेली से खेलते हुए उसे पुचकार रही थी, "अरे, यह तो रानी बनेगी…बड़ी महारानी बनेगी। देखो, कितनी लंबी लाइन है इसके हाथ में वाह…वाह…। अरे मेरी रानी-महारानी…"

"हाय दीदी, आप हाथ देखना जानती हैं ?" और रूपा अपने लड़के को उठाती-सँभालती मेरे पास ही आकर बैठ गई। मैंने भी पूरी उपेक्षा दिखाई और उसकी ओर कोई ध्यान नहीं दिया। मैं सचमुच बहुत नाराज थी उससे। लेकिन रूपा का तो ऐसा रूपांतरण हुआ कि उसे सिर्फ अपना मतलब समझ आता था। वह घिर गई मेरे चारों तरफ।

"दीदी, जरा मेरा हाथ देखिए न। पता नहीं मेरे भाग्य में क्या है ? छोटू हरदम बीमार रहता है। इसे कहीं कुछ हो गया तो…मैं जिंदा नहीं रहूँगी दीदी। मेरे ससुरालवाले मुझे जिंदा नहीं छोड़ेंगे।" वह विह्वल हो उठी।

"और यह छुटकी ? इसे तू जिंदा नहीं रहने देगी। क्यों ?" मैं उसी तल्खी से छुटकी को थपकते हुए बोली, जो अब सो चली थी।

रूपा पहले तो चुप लगा गई फिर उसी बेशर्मी से बोल उठी, "दीदी, लेकिन तुम मेरा हाथ तो देखो।"

अचानक मेरे मुँह से निकला, "आज नहीं शनीचर को देखूँगी।"

"शनीचर को ? क्यों ?"

"शनीचर को मुझे कर्ण पिशाची होती है। वह पिशाच आकर सब

कुछ कान में बता देता है न, इसलिए…" और मैं हँसने लगी। पता नहीं रूपा मेरा मजाक समझी कि नहीं।

बहरहाल बात खत्म हो गई। मैं घर जाने लगी तो रूपा ने आकर मुझसे पूछा, "तो दीदी, शनीचर को कब आऊँ ?" वह बेहद गंभीर थी। मुझे फिर हँसी आने लगी। कहीं यह सीरियस तो नहीं हो गई ? सच तो नहीं समझ बैठी मेरे मज़ाक को ? मैंने भी उस गंभीरता को बरकरार रखते हुए जवाब दिया–

"शनीचर को सवेरे। आठ से दस बजे तक। दो घंटे मेरे भीतर कर्ण पिशाच रहता है…लेकिन बताना मत किसी को यह बात…" और उसे वैसी ही ठगी-सी छोड़कर हँसती हुई मैं घर लौट आई।

शुक्रवार को उसने मुझे फोन किया और याद दिलाया। मैं असमंजस में पड़ गई। मैंने उससे कहा कि वह सब मज़ाक था। यूँ ही उसे बहका रही थी मैं। लेकिन उसने नहीं माना। वह समझी कि मैं अभी भी उससे छुटकी की वजह से नाराज हूँ…इसलिए उसे इंकार कर रही हूँ। वह बोली कि वह सवेरे आ रही है…बच्चों के साथ।

मुझे कुछ समझ में नहीं आया कि क्या करूँ। मैंने सोचा कि चलो–थोड़ा मजाक और सही। जो बात शुरू की है उसे मुकाम तक पहुँचा दिया जाए। मैं तैयार थी। अपनी पामिस्ट्री की किताबें टटोलकर अपना हस्तरेखा ज्ञान मैंने फिर सँवार लिया था।

शनीचर को रूपा छोटू और छुटकी दोनों को लेकर आई। अपनी बात पर उसकी आस्था जमाने का भी सवाल था, वर्ना नाटक का कोई महत्त्व न रहता। मेरी मम्मी भी हैरान लेकिन चुप थीं। उनकी नास्तिक बेटी ने सवेरे पूजा के कमरे की सफाई की थी। धूप-बत्ती जलाकर कमरा महकाया था। सफेद साड़ी ब्लाउज पहने एक आसन पर पाल्थी मारे बैठी थी। मम्मी हँस रही थीं–"क्या बात है नीरू, कुछ बता तो सही।" "कुछ नहीं मम्मी, बस फेंसी ड्रेस समझ लो। रूपा अगर आए तो उसे यहीं भेज देना मेरे पास। एक बच्ची की जान का मामला है…" मेरी गंभीरता देख मम्मी दोगुनी गंभीर हो गईं।

मैंने लंबी साँस भरी। अब मेरी पामिस्ट्री और अभिनय का ऐसा

घालमेल बना कि रूपा हाथ जोड़े वहाँ बैठी रही। मैंने उसके हाथ की लाइनों का निरीक्षण किया। उसके छोटू की हथेली पर नजर फिराई। नजरें गड़ाकर कुछ तलाशती रही। फिर छुटकी की हथेली पर नजर गड़ाई। शून्य में नजरें टिका दीं। कुछ सोचा और फिर जैसे वापस दुनिया में लौट आई हूँ, रूपा की ओर मुखातिब हुई। रूपा मुँह बाये एकटक मेरी ओर यूँ देख रही थी जैसे उसने मुझे पहले कभी नहीं देखा। पहली बार मुझसे परिचय हो रहा हो। मेरा नाटक परफैक्ट था...एकदम फिट और उसने मेरे कहने पर अक्षरशः विश्वास कर लिया था।

मैंने उसे समझा दिया था कि छोटू की जिन्दगी सोलह साल तक नाजुक है। उसके ग्रह छुटकी के ग्रहों से बँधे हैं। इसलिए छुटकी पहले पैदा हुई और अपने ग्रहों के प्रताप से छोटू को भी सही सलामत इस दुनिया में ले आई।

"हाँ दीदी। पैदा होते समय छोटू की साँस बड़ी मुश्किल से सँभल पाई थी।" रूपा ने मेरी बात की ताईद की। मेरे लिए मैदान मारना और आसान हो गया। उसे मैंने विश्वास दिला दिया था कि छुटकी को जितना अच्छा, भला-चंगा वह रखेगी उतना ही भला-चंगा छोटू रहेगा।

"खबरदार, छोटू की खुशी चाहती हो तो छुटकी को दुखी मत करना..." उस दिन रूपा का छुटकी के लिए किया गया व्यवहार याद आते ही मैंने उसे चेताया। रूपा का आत्मविश्वास स्थिर होने लगा।

वह शायद दुविधा रहित हो चली थी। इसलिए आश्वस्त हो गई और सहज हो चली। मेरी आज्ञा पालन का आश्वासन देकर वह चली गई।

मम्मी यह सब देख-सुन रही थीं। वह मेरे इस नाटक का मकसद समझ गई थीं। उसके जाने के बाद उन्होंने हँसते हुए मुझे गले से लगा लिया।

"तू अपनी शैतानियों से बाज नहीं आएगी नीरू। अच्छा ड्रामा किया तूने...।"

"खबरदार ड्रामा नहीं है। कर्ण पिशाच बैठा है मेरे पास..." मैंने बनावटी रोष दिखाते हुए गंभीरता से कहा और हम लोग हँसने लगे।

परेशानी तब हुई जब अगले शनीचर को रूपा, सविता आंटी और अपने पति के साथ फिर आ धमकी। पुराने असर को बरकरार रखने के लिए मुझे उस नाटक को दोबारा खेलना पड़ा। जाते हुए रूपा ने खुद आशीर्वाद लिया और अपने पति के सर पर भी हाथ रखवाया, जिस पर मुझे सचमुच बहुत शर्म आई। हाँ, उसकी बच्चियों के सर पर बहुत प्यार से हाथ फेरकर जो आशीर्वाद मैंने दिया वह सचमुच दिल से था। उन बच्चियों की खातिर ही स्वाँग रचा था मैंने।

रूपा गई तो अब हर शनीचर को सवेरे सविता आंटी हमारे यहाँ मौजूद रहने लगीं। यह एक अजीब चक्रव्यूह था। मुझे लगता कि मैं इसमें फँसती जा रही हूँ और निकलने का कोई रास्ता नहीं। इतना ही नहीं, देखा-देखी···सुना-सुनी और लोग भी आने लगे। लो, एक और मुसीबत ! सिर्फ तीन घंटों के लिए यह नाटक करना पड़ता है लेकिन सच पूछो तो अब मुझे बड़ा मजा आने लगा है। लोगों के कैसे-कैसे दुख हैं···कैसी-कैसी इच्छाएँ हैं। उनके असंतोष और तकलीफों के क्या-क्या रूप हो सकते हैं। यह मेरे लिए जानकारी का खजाना है। मेरी तुच्छ राय से अगर उन्हें जरा भी सांत्वना मिलती है···थोड़ी भी अपने रास्ते में आशा की किरण दिखाई देती है तो वह मेरे लिए सार्थक क्षण होता है। वर्ना क्या रखा है इस दुनिया में। हादसे-दर-हादसे होते रहते हैं और हम लोग उनके बीच से गुजरते हुए इतने निरपेक्ष हो जाते हैं कि आस-पास मचलती-डोलती अनगिनत सर्द और तूफानी लहरें हमें तनिक विचलित नहीं करतीं। लहरों की हलचल हमारी आदतों में शुमार हो जाती है। ऐसे में कोई ढोंग या स्वाँग अगर रच लिया, जो कम से कम हमें चारों ओर का अहसास भी करा दे तो माफी मिल जाएगी ?

तो वीनू डार्लिंग···फिर किसी दिन किसी और समय पर आओगे तो तुम्हारा स्वागत है। उस समय ऐसा कोई घटिया स्वाँग नहीं होगा। कोई प्रवचन···आशीर्वाद का समय नहीं होगा। हम लोग बैठेंगे, गर्म कॉफी पिएँगे। कुछ अच्छी···सुखद बातें करेंगे। स्वाँग तो हम दोनों भी एक-दूसरे के सामने करेंगे। पुरानी बातें भूलने का, एक-दूसरे के साथ सहज और सामान्य होने का स्वाँग। हम दोनों छोटी-छोटी बातों पर खूब हँसेंगे।

नामालूम से मजाकों पर ठहाके लगाएँगे। अपने को ज्यादा से ज्यादा सुखी और मस्त-मस्त दिखाने की कोशिश रहेगी हम लोगों की। अच्छा समय कटेगा। यह तय करना शायद मुश्किल हो कि कौन-सा स्वाँग जेनुइन है। यूँ तो आदमी कदम-कदम पर स्वाँग रचता है, मुखौटे लगाता है···नाटक करता है। पूरी जिंदगी स्वाँगों में कट जाती है। इसलिए थोड़ी देर हम लोग भी साथ मिल बैठें तो शगल बुरा नहीं रहेगा। आओगे न। और हाँ, आंटी को यह सब मत बताना। वैसे तुम अगर बता भी दो तो वह मानेंगी नहीं। जबरदस्त विश्वास है उन्हें मुझ पर। तुम कहोगे कि अपने फ्रस्ट्रेशन का, अपनी हार का इस तरह बदला लिया है मैंने। हाँ···शायद यह सच हो सकता है। देखो अब बिना स्वाँग के यह बात कर कह रही हूँ मैं। है न यह दिलचस्प बात।

तुम्हारी···

अपने ठिये पर

गाड़ी पटना स्टेशन पर पहुँच रही थी। सहसा अलकेश का ध्यान हो आया। पैंट की जेब से मैंने छोटी डायरी निकाली। अलकेश का पता और टेलीफोन नंबर सही-सलामत दर्ज थे।

सोचा, बाहर निकलने से पहले अलकेश को फोन कर लेना चाहिए। फिर शादी की भीड़भाड़ में उलझ गया तो मौका नहीं मिलेगा—घड़ी देखी। नौ बज रहे थे। ज़ाहिर है, कोई शरीफ आदमी इससे पहले घर से नहीं निकलता।

और···जैसी कि उम्मीद थी, अलकेश फोन पर हाज़िर था।

"कऊन ?" किंचित् रोबीला लेकिन उनींदा-सा स्वर सुनाई दिया। अंदाज ऐसा कि झुंझला रहा हो। "कमाल है। हजरत क्या दोपहर तक सोते रहते हैं।"

"कौन अलकेश। मैं हूँ बज़्मी। प्रकाश बज़्मी ! हाँ···पहचाना नहीं क्या ?"

"ओह हो ! बज़्मी भाई। आप···कहाँ से बोल रहे हैं भाई ? दिल्ली से···" अलकेश की आवाज़ आसमान से नीचे जमीन छोड़, अब पाताल में उतर चुकी थी।

"नहीं यार। अभी तो तुम्हारे शहर पटना से ही बोल रहा हूँ। पटना स्टेशन से। अभी पहुँचा हूँ···सोचा तुम्हारे शहर आया हूँ। तुम्हें बता तो दूँ।"

"अच्छा अच्छा। बहुत अच्छा किया। सीधे चले आइए घर···या मैं आ जाऊँ स्टेशन लेने के लिए।"

"अरे नहीं भाई ! अभी तो सीधे जरूरी काम से जा रहा हूँ। एक शादी में आया हूँ। आज तो वहीं बिजी रहूँगा…"

"बज़्मी भाई। एइसा कइसे चलेगा। आप यहाँ आएँ और हम लोग मिलें भी नहीं। लानत है…कोई रास्ता निकालिए भाई। साथ बइठेंगे जरा…"

"मैं तो कल तक रुकूँगा अलकेश इसीलिए…"

"तो ठीक है। कल शाम का प्रोग्राम रख लेते हैं…"

"अच्छी बात है। मिलते हैं फिर कल शाम को…"

गाड़ी रात ग्यारह बजे जाएगी। शाम थोड़ी देर अलकेश के यहाँ और फिर वहीं से स्टेशन रवाना… मैंने सोचा।

अलकेश के साथ मेरी जान-पहचान का सिलसिला कोई नौ-दस साल पुराना था। उन दिनों मैं रिसर्च में था और अपनी थीसिस लिखने में व्यस्त था, जब अलकेश ने जवाहरलाल नेहरू यूनिवर्सिटी में एम.ए. में दाखिला लिया। हमारी मित्र मंडली में किसी दोस्त का रिश्तेदार था वह। उसी के माध्यम से मुलाकात हुई थी। यूनिवर्सिटी में वह नया-नया आया था और बहुत जूनियर था, इसीलिए उसकी ओर ज्यादा ध्यान भी नहीं दिया।

अगले साल मैंने थीसिस जमा की। उसके बाद दिल्ली के ही जाकिर हुसैन ईवनिंग कॉलेज में मुझे लेक्चररशिप मिल गई। छात्र जीवन से ही मैं अखबारों और पत्र-पत्रिकाओं में लिखता रहा हूँ। नौकरी मिलने के बाद लेखन में तेज़ी आई तो पत्र-पत्रिकाओं के साथ जुड़ाव और गहरा हुआ। नवभारत और जनसत्ता से रविवारीय विशेषांकों में अब मेरा साहित्य समीक्षा का नियमित कॉलम हुआ करता है। मेरा तो धीरे-धीरे यह अनुभव होता जा रहा है कि साहित्य क्षेत्र में कवि-कहानीकार कितने ही बड़े लेखक क्यों न हों, समीक्षक का दर्जा सबसे विशिष्ट है। तरह-तरह के मन लुभाऊ प्रस्ताव, उपहार और खुशामदें…किसी का भी दिमाग खराब करने के लिए काफी हैं। कितना ही ऊँचा लेखक क्यों न हो,

आलोचक-समीक्षक के पहाड़ों के नीचे से उसे गुजरना ही पड़ता है। सबसे ऊँचे सिंहासन पर बैठने की आदत सी पड़ जाती है। संपादकों से कम महत्त्व नहीं है समीक्षकों का। इसीलिए कहीं अगर जाओ तो बिना चेले-चपाटों के जीवन सूना-सूना महसूस होने लगता है।

हाँ, तो बात अलकेश की थी। अलकेश उन दिनों कविताएँ लिखता। छोटी-मोटी पत्रिकाओं में छपने भी लगा था। एक बार वह मेरे पास अपनी कुछ कविताएँ लेकर आया कि जनसत्ता और नवभारत में उसकी कुछ सिफारिश कर दूँ। कविताएँ ठीक-ठाक थीं। मैंने इन अखबारों के साहित्य परिशिष्ट में भेज दीं। कविताएँ छप गईं। अलकेश तभी से मेरा भक्त है।

अलकेश की कविताएँ धीरे-धीरे चर्चा में आने लगीं। उसकी लेखनी आग का अंगारा हुआ करती। जाने कैसी ज्वाला धधकती रहती उसके भीतर। लगता कि वह व्यवस्था के जर्रे-जर्रे से नाराज है।

"हमारे रिवाज़...हमारी रूढ़ियाँ...ये शोषण और अन्याय कोढ़ हैं हमारे समाज के। इन्हें तो काटकर अलग करना ही होगा। इस जंगल-व्यवस्था को ध्वस्त करना होगा। तभी ना नया समाज बनेगा..." वह तैश में आकर कहता।

उन दिनों उसका हुलिया भी उसकी, कविताओं की तरह प्रेरणास्पद था। मोटे खद्दर का कुर्ता, ढीले पायचों का पाजामा। पैरों में चप्पल। जाड़ों में जवाहर कट सदरी और चादर। शुरुआत के सफाचट चेहरे पर पहले बेतरतीब छोटी-मोटी दाढ़ी ने जगह घेरी जो बाद में बढ़कर निराला स्टाइल की हो गई। उन दिनों लोग कहा करते थे कि इसी रफ्तार से दाढ़ी बढ़ती रही तो जल्दी ही वह गुरुदेव रवीन्द्रनाथ टैगोर का हमशक्ल हो जाएगा। गेहुँआ रंग। लंबा चेहरा। बड़ी-बड़ी थोड़ी उभरी आँखें। देखने में भी खासा साहित्यिक व्यक्तित्व था उसका। दुबला-पतला छरहरा शरीर और कड़कदार तीखी आवाज उसके क्रांतिकारी मिजाज के अनुरूप थी।

अलकेश को दिल्ली आए चार साल बीत चुके थे लेकिन उसका एम.ए. पूरा नहीं हो पाया था। "पढ़ाई कैसी चल रही है" पूछने पर वह किंचित् हिकारत भरी नजर पूछनेवाले पर डालता। फिर कुछ सोचते हुए

थोड़ी देर बाद गंभीर मुद्रा में जवाब देता—

"साथी, यह समाज परिवर्तन चाहता है। क्रांतियुग हमारे आगे है। बहुत बेचैनी है साथी, अंदर और बाहर भी..." और फिर मानो कविता बहने लगती।

पत्र-पत्रिकाओं में अलकेश यदा-कदा छप रहा था। नई नवेली पत्रिकाओं में उसके क्रांति गीत अनिवार्य हुआ करते थे।

उन्हीं दिनों इंदिरा गांधी-राजनारायण मुकदमे का फैसला आया। इंदिरा गांधी मुकदमा हार गईं। पूरे देश में इमरजेंसी लग गई।

दिल्ली के साहित्य जगत् में भी हलचल थी। बहुत-से कलम के सिपाही, क्रांतिकारी वीर रातोंरात भूमिगत हो गए।

इमरजेंसी लगने से कुछ दिन पहले अलकेश ने 'पागल जनता—पागल देश' नाम की एक लंबी कविता का पाठ एक कवि गोष्ठी में किया था। कविता ज्यादा ही तीखी थी। कुछ लोगों ने योजना बनाई कि उस कविता को एक नुक्कड़ नाटक के रूप में बदलकर उसे जगह-जगह खेला जाए। अब इमरजेंसी लगने के बाद जब लोगों की धरपकड़ शुरू हुई तो किसी ने अलकेश को समझा दिया कि, "बेटा, सुना है तुम्हारी कविता होम मिनिस्ट्री के लोगों के हाथ लग गई है।"

सुनकर अलकेश के हाथों से तोते उड़ गए। वह भागा हुआ मेरे पास आया कि, "भाई साहब, कोई रास्ता बताओ।" और कोई वक्त होता तो वह फूल कर कुप्पा हो गया होता, लेकिन वह दौर भय और आतंक का था। रासुका में बंद हो गए तो कोई पूछनेवाला न होगा, यह बात सबके दिमाग में थी। बहुत सोच-विचार के बाद उसी रात अलकेश पटना चला गया।

लगभग दो साल बाद, जब इमरजेंसी हट गई तब दिल्ली के मंच पर फिर से अलकेश अवतरित हुआ। अब वो शहीदाना अंदाज में अपने टीचर्स के सामने खड़ा था। वैसी ही निराला स्टाइल की दाढ़ी, कुर्ता पाजामा, कंधे पर झोला, धूल सने पैरों में चप्पल। उसके किस्सों में अब इजाफा हो गया था कि उसका वारंट कट गया था और पुलिस उसके पीछे हाथ धोकर पड़ी थी। किसी तरह उसे भूमिगत होना पड़ा।

उन्नीस-बीस महीने वह यायावर की तरह घूमता रहा और जीता रहा···मरता रहा। उसके संघर्षों की एक सघन गाथा के रूप में था उसका जीवन।

खैर ! अब जल्दी ही अलकेश ने अपना एम.ए. पूरा किया और पटना के एक कॉलेज में लेक्चरर लग गया। कॉलेज का मैनेजमेंट उसके खानदानी लोगों का था। इसलिए फटाफट नियुक्ति हो गई।

इस बीच जब कभी अलकेश दिल्ली आया तो हमेशा मुझसे मिलता रहा है। मैं भी उसे पसंद करता हूँ। आखिर कवि तो है ही, और–ठीक-ठाक कवि है।

एक बार टेलीविजन द्वारा आयोजित कवि-गोष्ठी में मेरा एक मित्र संयोजक था। मैंने सिफारिश कर दी तो अलकेश भी उसमें बुलवा लिया गया। अलकेश जैसा व्यवस्था विरोधी कवि और टी.वी. की कवि-गोष्ठी में। बहरहाल टी.वी. के पर्दे पर उसका चेहरा चमकता रहा और एक विचार बोझिल कविता हम लोग सुनते रहे। वह बहुत प्रसन्न था।

"प्रकाश भाई, यह व्यवस्था मजबूर है हम जैसों को अपने कार्यक्रम में शामिल करने के लिए।" मुझे हँसी आ गई। वह थोड़ा झेंपा लेकिन फिर तपाक से बोला।

"ठीक है आपने मुरलीधरजी को मेरा नाम सुझाया, लेकिन वह न मानते आपकी बात, मेरा नाम सुनकर···तो ? क्या कर लेते हम ? प्रकाश भाई, मैं आपसे कहता हूँ···नए समाज का हमारा सपना जरूर पूरा होगा···"

"क्यों नहीं···क्यों नहीं। तुम जैसे जागरूक और संघर्षशील नौजवान अपनी लड़ाई जारी रखो···आगे बढ़ते रहो···कोई वजह नहीं कि हालात न बदलें···नया समाज न बने···" मैंने भी उसी अंदाज में एक भाषण सुना दिया।

बहरहाल, अलकेश मुझे मानता बहुत है। विचारों में तेज तर्रार–क्रांतिकारी है। हाँ, इस बीच उसका लिखना कुछ कम हो गया है। कभी-कभार कोई कविता, कोई टिप्पणी पत्र-पत्रिकाओं में देखने को मिल जाती है। अलकेश की पुरानी कविता 'पागल जनता–पागल देश'

ही उसके नाम को याद रखने के लिए काफी है।

इसीलिए पटना आने पर उसकी याद आना स्वाभाविक था।

वह दिन पूरा शादी के हंगामे में निकल गया। मौसी की लड़की की शादी है। माँ की तबीयत खराब है। मौसी का बेहद आग्रह। मेरा आना जरूरी हो गया।

दूसरे दिन भी सवेरे का समय लोगों से मिलने-जुलने में निकल गया। शाम को अलकेश के घर जाने के लिए मैं अपना सामान लेकर निकला।

मेडिकल कॉलेज के पासवाले चौराहे से जब स्कूटर निकला और अंदर सड़क पर मुड़ा तो मैंने घड़ी देखी। छह बजकर पाँच मिनट हुए थे। चलो, ठीक है। समय पर पहुँच गया। अन्दर दो-तीन गलियाँ पार करके अलकेश का घर था। घंटी बजाई। एक नौजवान लड़के ने दरवाजा खोला। भाई है शायद उसका, मैंने सोचा।

"अलकेशजी का घर यही है न !"

"जी सर ! आप...आप सर दिल्ली से आए हैं ना ! बज़्मीजी हैं !!" नौजवान के स्वर में उत्साह था और इत्मीनान कर लेने का भाव भी कि कहीं गलत आगंतुक का स्वागत तो नहीं कर रहा वह।

"हाँ, मैं प्रकाश बज़्मी हूँ। तुम...छोटे भाई हो अलकेश के ?"

नौजवान ने मेरे हाथ से एयर बैग ले लिया और हम भीतर आ गए।

साधारण कमरा। नीले रंग की दीवारें। एक ओर एक तख्त पड़ा था। ताजा धुली चादर बिछी थी उस पर। उसी के पास पढ़नेवाली मेज और कुर्सी। दूसरी ओर बेंत की दो गद्दीदार कुर्सियाँ। फर्श पर एक छोटी कालीननुमा दरी। ठीक से झड़ाई-सफाई न होने की वजह से दरी का सुर्ख लाल रंग भूरा सा दिख रहा था और कई दाग धब्बे अलग दीख रहे थे। दीवारों पर मार्क्स, लेनिन, चे ग्वारा के अलावा निराला और प्रेमचंद की तस्वीरें सुनहरे फ्रेमों में जड़ी लगी हुई थीं। एक छोटी तिपाई तख्त

के पास थी जिस पर टेलीफोन रखा था। जल्दी-जल्दी कमरे की सफाई करनेवाला शायद तिपाई और टेलीफोन को झाड़ना भूल गया था क्योंकि उस पर खासी धूल जमी थी। यूँ काले भूरे मकड़ी के जाले तस्वीरों के पीछे से भी झाँक रहे थे। सामनेवाली दीवार पर एक लकड़ी की अलमारी थी जिसके शीशेदार पल्लों से अलमारी में ठुँसी हुई किताबें नजर आती थीं।

"बैठिए सर !" नौजवान ने बैग मेज पर रख दिया।

"कहाँ हैं अलकेश ! हमें बुलाकर खुद गायब हैं जनाब !"

"बस, अभी आ रहे हैं। आते ही होंगे···पानी लाऊँ आपके लिए सर ?"

"नहीं ! तुम—क्या भाई हो उनके।" मैंने फिर सवाल दोहराया।

"सर मैं नेमीचंद हूँ। नेमीचंद 'सरल'। अलकेशजी हमारे भाई समान ही हैं। गुरुजी हैं। उनके चरणों में बैठकर सीखने का प्रयास कर रहा हूँ सर।"

"नेमीचंद सरल। तुम भी क्या कविता लिखते हो···?"

"जी सर। प्रयास करता हूँ। प्रभात के पिछले अंक में मेरी कविताएँ छपी थीं—जंगल : तीन कविताएँ।" बोलते-बोलते कुछ सकुचाया वह। फिर थोड़ा रुककर बोला—"आपने देखीं सर मेरी कविताएँ ?"

'सरल' नाम पर नजर पड़ी हो, ऐसा ध्यान नहीं आया। हो सकता है नजरें उसकी कविताओं पर सरसरी तौर से फिसलती हुई आगे बढ़ गई हों। लेकिन मैं उसके उत्साह को भंग करना नहीं चाहता था।

"हाँ ध्यान तो आ रहा है···सरल नाम। जंगल पर···अच्छी कविताएँ थीं···हाँ ! याद आया अच्छी कविताएँ थीं भाई। अच्छा लिख रहे हो तुम तो···" अपनी बात को विश्वसनीय बनाते हुए उसके चेहरे पर नजरें टिका दीं मैंने।

उसका चेहरा खिल उठा।

"कब से लिख रहे हो सरलजी।"

"सर—लिखना तो हम पाँच-छह साल पहले से शुरू किए, लेकिन छपना अभी शुरू किए हैं···"

बाहर कुंडी खड़की और अलकेश ने भीतर प्रवेश किया। इस बीच थोड़ा मोटा हो गया है अलकेश, मैंने गौर किया। उसे देखते ही नेमीचंद उठ खड़ा हुआ। अलकेश ने अपने हाथ का थैला उसे पकड़ा दिया और लिपट गया मुझसे।

"स्वागत है बज़्मीजी आपका, स्वागत है। आप हमारी कुटिया में पधारे—हमारे धन्य भाग। और···कुशल से तो हैं न !···घर पहुँचने में दिक्कत तो नहीं हुआ न !"

"नहीं भाई ! आराम से पहुँच गया। और···क्या हालचाल हैं—" अपने आपको उसकी लिपटन से अलग किया मैंने।

"बइठिये-बइठिये, हम अभी आते हैं···" और अलकेश कमरे के भीतरी दरवाजे पर लटक रहे पर्दे को हटाकर अंदर चला गया।

"आप भी भीतर आ जाइए भाई जी—नेमीचंदजी—सरलजी—" परिहासपूर्वक आवाज दी उसने।

नेमीचंद फौरन भीतर चला गया। भीतर पतली गैलरी के बीच एक ओर इकट्ठा हो गए पर्दे से दिखा कि अलकेश ने थैले में से पॉलीथिन में लिपटा गोश्त निकालकर नेमीचंद को पकड़ा दिया। नेमीचंद किचन में चला गया और जूट का थैला सँभालता हुआ अलकेश कमरे में आ गया।

थैले में से दो पैकेट और व्हिस्की की बोतल निकालकर उसने मेज पर रख दी। उनमें से एक में दालमोठ थी तथा दूसरे में रखे पूड़े में कबाब थे। ओह-हो। इसने तो पूरे महाभोज का इंतजाम कर रखा है। तभी अलकेश भीतर किचन से पानी का जग और काँच के दो गिलास ले आया।

अलकेश की बेतरतीब बोहिमियन जिंदगी का मुझे अंदाज हो चला था। चिकने, मैले गिलास। धोने के नाम पर यूँ ही पानी डाल लाया था उनमें। प्लास्टिक का गंदा जग जो मैल से बदरंग हुआ अपनी किस्मत को रो रहा था। ऊँह···हर वक्त की ये नुक्ताचीनी ठीक नहीं। बेचारा खातिर कर रहा है···मैंने सिर झटका।

"तुमने तो आज की शाम जश्न के नाम लिख दी है अलकेश···"

"प्रकाश भाई, पहली बार पधारे हैं आप हमारी कुटिया में। ऐसे ही सूखे-सूखे कैसे जाने देंगे भाई आपको।" उसने गिलास बढ़ाया।

मैंने अब गिलास का हुलिया देखना और सोचना बंद कर दिया। सिर्फ गिलास के अंदर की चीज को देखना चाहिए। फिर इसकी गंदगी का ख्याल नहीं सताएगा···और सचमुच। पहला पेग गले से नीचे उतारने के बाद उस गंदे चिपकने गिलास के बारे में सोचना मैंने बंद कर दिया था।

एकाएक मुझे ख्याल आया कि अलकेश का घर परिवार कहाँ है ? खासी उम्र है इसकी। अच्छा भला कमा रहा है। क्यों यतीमों की तरह से रहता है।

"अलकेश ! ऐसे अकेले क्यों रहते हो यार ! और लोग···मेरा मतलब है परिवार कहाँ है तुम्हारा ?"

"भाई, किसी प्रकार का बंधन स्वीकार नहीं करती हमारी अंतरात्मा ! स्वतंत्र सत्ता के पक्षधर हैं न हम···" और हँसते हुए उसने मेरे हाथ से खाली गिलास ले लिया।

"लाइए, अबकी बड़ा पेग बनाएँ हम आपके लिए।"

"क्यों, विवाह क्या किया ही नहीं या क्रांति की वजह से फुरसत नहीं मिली ?" परिहास किया मैंने। "घर–गृहस्थी में कम से कम दो टाइम खाना तो ठीक से मिल ही जाता है।" मैंने अपना सवाल अभी जारी रखा।

सींक कबाब का एक टुकड़ा मुँह में भर लिया था अलकेश ने। आराम से उसे चभलाते हुए एक बड़ा घूँट भरा उसने। फिर कुछ सोचते हुए मुस्कराया।

"विवाह तो हुआ था भाई···" अचानक फिर उदास हो गया अलकेश। "इस बुर्जुवा-सामंती व्यवस्था में आप बच नहीं सकते अपनी हत्याओं से। वह गाँव में···हम यहाँ···। अब हम तो जा नहीं पाते गाँव में। वो यहाँ नहीं आ सकतीं। बहुऽऽऽत बड़ा गैप ! बहुऽऽऽत दूरी। हमने कहा, आप मुक्त होइए, हमें भी मुक्त करिए···हो–हो–हो–हो···" मुक्त भाव से हँसने लगा अलकेश। पता नहीं, अपनी मुक्ति के सुख का

अहसास था या अपनी दरियादिली को ज्यादा स्पष्ट करने की नीयत से था उसका वह मुक्त अट्टहास !

अलकेश की हँसी। उसकी बातें। एक झटका-सा लगा मुझे। समझ नहीं आया कि उसकी बात का क्या जवाब दूँ।

मौसम में हल्की-सी खुनक हो चली थी। खिड़की से अंदर आती हवा ठंडी लगने लगी। मैंने उठकर खिड़की का पर्दा सरका दिया। अंदर किचन से प्रेशर कुकर की सीटी के साथ मसालों की महक आ रहीं थी। इस बीच किचन से निकलकर नेमीचंद भी वहीं कमरे में आ गया।

"आओ, आओ। बैठो सरलजी। तुम कहाँ गायब हो गए ! हम तो समझे थे कोई अपनी कविता-उविता सुनाओगे। क्या लिख रहे हो आजकल ?" इन अटपटे क्षणों में उसका आना मुझे प्रीतिकर लगा।

अलकेश इस बीच दो बार अपना गिलास खाली कर चुका था और अपने पूरे फार्म में था। उसकी चहकती-खुनकती आवाज और मस्तानी हो चली थी।

"बज़्मी भाई···ये नेमीचंद सरल—सचमुच सरल है। कविताएँ सुनिए इसकी। क्या धाँसू चेला है मेरा। मैंने कहा, बेटा लिखे जा। कहाँ से कहाँ पहुँचा दूँगा। अरे सरल···तू-तू नाली का कीड़ा—तुझे उठाकर आसमान पर बिठा दूँगा रे···"

नेमीचंद सकुचा गया। मेरी ओर देखता हुआ हाथ जोड़ने लगा, "गुरुजी को सँभालिएगा प्रकाशजी···ज्यादा पी लेते हैं तो बीमार हो जाते हैं···"

"अरे सरल। ये दुनिया बीमारों की है, मक्कारों की—नक्कालों की है। कौन रोकेगा मुझे। अबे नेमिए तू काहे को डरता है···"

मुझे भी लगा कि अलकेश बहक रहा है। मैंने बोतल उठाकर नेमीचंद को दे दी कि उसे कहीं और रख दे और कहा, "एक क्वार्टर पूरा सुड़क गए हो और न जाने कहाँ-कहाँ बहक रहे हो। हमारी शाम बरबाद न करो यार। कुछ सुनाओ। क्या लिख रहे हो इन दिनों। कुछ नया लिखा हो तो लेता जाऊँ मैं अपने साथ साहित्य वार्षिकी के लिए।

"बज़्मी भाई। इन दिनों दिमाग काम नहीं कर रहा। कुछ नहीं

लिख पा रहे हम। सब साला चौपट है।"

"वही सुना दे यार···इमरजेंसीवाली अपनी कविता···"

"वाह···वाह···वह कविता तो मेरी जान है भाई। तब···तब···की बात ही कुछ और थी···अच्छा तू भी सुन नेमिये···

एक औरत प्राइम मिनिस्टर होती है
जब प्राइम मिनिस्टर औरत हो जाता है।
दबे पाँव आती है सियाह रात
काली ज़ुल्फों का अँधेरा
कमरे से निकलकर घर आँगन गली कूचों में दौड़ता
सन्नाटे का हाथ थामे, हर सहमे
दुबके घर का दरवाजा ठकठकाता है।
माँएँ बच्चों को डराती हैं,
डायन के किस्से सुनाकर
बच्चों को लंबी नींद सुलाती हैं।
सहमता-सिसकता बच्चा सोते-सोते
हिचकी भर लाता है, जगता है।
क्यों अँधेरी रात का स्यापा
तुम्हारे राज में होता है जब
एक औरत प्राइम मिनिस्टर होती है
जब प्राइम मिनिस्टर औरत हो जाता है···"

"क्या बात है अलकेश···क्या बात है। आज भी यह उतनी ही जानदार-असरदार है।" मेरे मुँह से बेसाख्ता निकला। "सचमुच अंगारा है यह कविता।"

गैलरी और कमरे के बीच खड़ा नेमीचंद भी आदर भाव से कविता सुन रहा था। अलकेश की नजर खड़े निहारते नेमीचंद पर पड़ी।

"ये नेमुआ–बज़्मी भाई, कोरमा बहुत अच्छा पकाता है। आप खाओगे तो उँगलियाँ सलामत न बचेंगी। जाकर देखो तनिक–कितनी देर है अभी, सरलजी।"

मैंने भी घड़ी देखी। साढ़े आठ बज रहे थे।

"हाँ भाई, मैं भी चलूँगा थोड़ी देर में। ग्यारह बजे है मेरी गाड़ी।"

"बज़्मी भाई, एक दौर और हो जाए तब तक। बोतल में बची पड़ी है ससुरी। रोएगी अपनी किस्मत को। उसे भी मुक्ति मिले।"

मुझे हँसी आ गई।

"अब किस-किस को मुक्त करेगा रे अलकेश। उसकी मुक्ति कल करना। वह तेरी बीवी थोड़े ही है जो जिंदगी भर बैठी रहेगी। कल हो जाएगी उसकी मुक्ति और भुक्ति भी।"

"वाह, वाह ! क्या खूब कहा बज़्मी भाई?" और वह जोर-जोर से हँसने लगा। उसके लगातार खुले मुँह से ढेर सारा थूक उसकी चे ग्वारा स्टाइल़ की दाढ़ी में अटक गया था। मुझे न जाने क्यों वितृष्णा सी होने लगी। मैंने अपना मुँह दूसरी ओर कर लिया। जब इससे हजम नहीं होती तो काहे इतनी पी लेता है।

अलकेश लड़खड़ाते पैरों से मेज के पास गया और अपने कागज टटोलने लगा। अपना नया लिखा कुछ ढूँढ़ रहा था वह जो शायद मुझे दिखाना चाहता था।

"स्साला ये सिस्टम ! सब सड़ रहा है बज़्मी भाई ! धना-जुलाहा-चमार···सब तो ससुर चाँद पर बइठ गया है। कोई क्या खाक लिखेगा !"

"लगता है यह गया काम से—" मैंने सोचा और किचिन में गया। नेमीचंद दो थालियों में खाना लगाने की तैयारी कर रहा था।

"टॉयलेट किधर है नेमीचन्द ?"

"आइए सर, मैं बताता हूँ।"

पाँच-सात मिनट में, मुँह-हाथ धोकर और तरोताज़ा होकर मैं अंदर आया। तब तक तख्त के ऊपर अखबार बिछाकर नेमीचंद दो थालियाँ रख चुका था। कटोरियों में रखे कोरमे की महक सचमुच मुँह में पानी भर लानेवाली थी। रोटियाँ शायद बाजार की थीं। साथ में थोड़ा दही था और थोड़ी-थोड़ी प्याज कटी हुई—नीबू के साथ थी।

अलकेश तख्त पर पाल्थी मारकर बैठा था।

"आइए बज़्मी भाई···भोजन तैयार है।"

"अरे नेमीचंद, तुम्हारी थाली कहाँ है ? तुम भी आओ भाई–" मैंने पास खड़े नेमीचंद से कहा।

"नहीं सर, आप और गुरुजी…"

"क्या यार बेवकूफी की बातें कर रहे हो। लेकर आओ अपनी थाली। सारा टाइम तो किचन में घुसे और अब…"

नेमीचंद संकोच से भर गया। उसने अलकेश की ओर सवालिया नजरों से देखा। फिर कुछ सोचकर किचन में जाने लगा। शायद अपनी थाली लाने के लिए।

तभी अलकेश बोल पड़ा, "बज़्मी भाई। आप तनिक चिंता न करें। ये नेमुआ तो भगत है आपका। बहुत मिलना चाहता था आपसे। हमने भी कह दिया, कि आ जाओ। अपनी कलम का करिश्मा तो दिखाते रहोगे, पहले अपने हाथ का करिश्मा दिखाओ…और करो सत्संग बज़्मी भाई के साथ ! अब आपका भगत है तो कइसे ना आपके सामने खाएगा। आप शुरू करो बज़्मी भाई।"

नेमीचंद के चेहरे पर ऐसा भाव आया मानो अलकेश ने उसे संकट से उबार लिया हो।

"जी सर ! आज तो आपसे मिलने और बात करने की ही इच्छा थी सर। हमने कहा ये हमारा सौभाग्य कि आप थोड़ा सेवा का अवसर दिए। आप भोजन पाएँ सर ।"

"जैसी मर्जी–" मैं और क्या कह सकता था और मैं खाने में जुट गया।

इस बीच अलकेश अपने कॉलेज की पॉलिटिक्स समझाता रहा। न जाने क्या-क्या बोल रहा था वह। उसकी आधी बात समझ में आ रही थी और आधी नहीं। एकाएक उत्तेजित हो उठा वह और हाथ रोककर बोला, "प्रकाश भाई ! जो हाल अपने चारों ओर हो रहा है वही अपने कॉलेज को परेशान किए है। हमारे मामाजी हैं न कॉलेज के प्रेजीडेंट। नाक में दम किए हैं ससुर ये सब…"

फिर, जैसे करंट लगा हो, बोलते-बोलते अचानक चुप हो गया। कुछ सोचकर उसने गुहार सी लगाई,

"अरे भाई सरलजी ! क्या गोश्त पकाया है। आनंद आ गया।" अलकेश हड्डी में लगी बोटी को दाँतों से नोचता हुआ बोला। "अब इस उत्तम भोजन के बाद अंतिम अध्याय को भी पूरा कर डालो। जाओ जरा भागकर चार ठो पान बँधवा लाओ।"

"अच्छी बात है। अभी लाया।"

"और हाँ, देखो। ऊ चंदनवा की दुकान से मत लाना। पत्ता गड़बड़ कर देता है। जरा दो कदम आगे बढ़ जाओ भैया, और चौराहे से ले लेओ।"

"ठीक है।" नेमीचंद ने दरवाजे के पास रखी चप्पलों में पैर डालते हुए कहा।

"यार अलकेश। पान हम रास्ते में ले लेंगे। काहे उसे दौड़ा रहे हो बिना बात। नेमीचंद, हम लोग बस खा चुके। तुम भी खाना खा लो। फिर साथ ही निकलते हैं।"

अलकेश को अपनी बात का काटा जाना और वह भी अपने चेले के सामने—शायद अच्छा नहीं लगा। खमियाजा भुगता नेमीचंद ने। अपनी झल्लाहट को हालाँकि भरसक दबाने की कोशिश की अलकेश ने।

"आप प्रस्थान करें सरलजी। मुँह काहे को ताक रहे हैं। भोजन लौटकर हो जाएगा..."

"जी गुरुजी—" अप्रिय होती रस्साकशी से वह घबड़ा गया और जल्दी से दरवाजा खोलकर बाहर निकल गया।

"बज़्मी भाई। आप इत्मीनान से भोजन करें। अब आधे घंटे से पहले तो ये लौटनेवाले नहीं।"

"बिना बात उसे तुमने दौड़ा दिया। कोई जरूरत नहीं थी इसकी। बेचारा।"

"अरे ! हम इस ससुर को आपसे इंट्रोड्यूस करवाए। अब आपको यह कविता भेजे तो आप इसे छपवाओगे नवभारत में और जनसत्ता में। कवि बनने जा रहे हैं—साहित्य में इस्टैब्लिश हो रहे हैं और अब इतनी सेवा भी नहीं देंगे क्या।"

"अलकेश ! तुम भी हद करते हो। अरे अच्छा लिखेगा तो खुद

ही सब पूछेंगे। भरती का काम होगा तो लाख सिफारिश हो कितने दिन चलेगा।''

''बज़्मी भाई। कोई ना पूछता ! दो कौड़ी का ना पूछता, अगर सोर्स ना हो। जान-पहचान ना हो। और ये नेमचंदवा···ससुर, पासी का लौंडा। अपने पास ना बिठालता कोई। यहाँ तो सब बाबू साहेब हैं। कऊन पूछता ? अरे फिरता दुर···दुर···। हम अपने पास बुलाए। खोज-खबर लिये। अपना चेला बनाए···और आप···'' खासा उत्तेजित हो उठा वह।

''नाराज मत हो यार। मैं कोई तुम्हारे काम में अड़ंगा नहीं डाल रहा। जैसा तुम ठीक समझते हो करो यार···मुझे क्या मतलब।'' और मैं उठकर बाथरूम में चला गया हाथ धोने।

मुँह-हाथ धोकर आया तो देखा अलकेश रसोईघर में है। अब ये क्या करने लगा। मैं उसका हाथ बँटाने की गरज से किचिन में चला गया।

अरे-रे-रे-रे अलकेश—ये क्या कर रहा है। मैंने देखा कि उसने कुकर को जिसमें बमुश्किल एक कटोरी शोरबा और दो बोटी बची पड़ी थीं, किचन के अंदर नाली में उलट दिया।

''अरे ये क्या कर रहे हो अलकेश···'' जब तक मैं आगे बढ़कर उसे रोकूँ और समझूँ, वह कुकर को पलट चुका था और उसका हैंडिल पकड़े उसे उलटा हिला रहा था। शोरबे की चिकनाई नाली और फर्श के ऊपर फैल गई थी। दो बोटियाँ भी उसके पैरों के पास पड़ी थीं। उसके पाजामे पर खासी गंदगी चिपक गई थी। गंदा बिखरा क़िचन और गंदगी में सन गया था।

''क्या हुआ अलकेश ! ये तो नेमीचंद का खाना था। गिरा क्यों दिया···'' सचमुच मैं समझ नहीं पा रहा था कि चक्कर क्या है। पागल हो गया है क्या यह शख़्स !

अलकेश एकदम सकपका गया। उसे अंदाजा नहीं था कि मैं वहीं पर मौजूद हूँ।

''नहीं बज़्मी भाई ! वो···क्या है कि···हम गिराए नहीं। हमारे हाथ से गिर गया। उल्टा हो गया कुकर। बहुत भारी है ससुर। सँभला नहीं

हमसे भाई···लगता है ज्यादा ही चढ़ गई। स्सारा, हाथे काँपा जा रहा···" और बात बना दी उसने।

मेरा मन गहरी घृणा से भर गया।

"यह तो ठीक नहीं हुआ। बेचारा नेमीचंद। भूखा रह जाएगा। पूरी शाम तो किचन में घुसा पकाता रहा और अब···" मैं अपना क्षोभ छिपा नहीं पा रहा था।

"खा लेगा। नेमीचंदवा भी खा लेगा। ससुर को ज्यादा न चढ़ाओ भाई। रहने दो अपने ठिये पर। वरना सर पर चढ़कर ऐसी तागड़धिन्ना करेगा कि बस !" वहीं किचन में पड़े गंदे झाड़न से अपने चिकनाई में सने हाथ पोंछकर वह कमरे में आ गया। अब वह पूर्ववत् था। नॉर्मल। जैसे कि कुछ हुआ ही न हो। जैसे कि वह अभी रसोई में गया ही न हो।

मैं उसे देखता रहा। उस अजनबी से लग रहे अलकेश को देखता रहा।

"तू तो एकदम्मै बदल गया रे अलकेश–" बेसाख्ता मेरे मुँह से निकला। अनजाने में उसके लहजे की नकल कर बैठा मैं।

अलकेश हँसता हुआ लिपट गया मुझसे। मानो मैं उसके किसी मज़ाक पर बहुत खुश हुआ हूँ।

"प्रकाश भाई। बंबई, कलकत्ता, दिल्ली में बैठकर जो चाहो करो। लेकिन इहाँ, अपने घर में, अपने ठिकाने पर हों तो सब कुछ सोचना पड़ता है। मान–मरजादा···सब जरूरी है···" दुनिया की मानो सबसे बड़ी समझदारी दिखाते हुए बोला वह।

मेरे लिए अब और वहाँ ठहरना मुश्किल था। एक–एक मिनट भारी हो रहा था। लगता था जैसे खाया-पिया सब बाहर आ जाएगा। मैंने तख्त के पास रखा अपना बैग उठाकर कंधे से लटका लिया।

"मैं चलता हूँ अलकेश। देर हो रही है।"

"अरे बज़्मी भाई। अभी तो समय है" मुझे अबाउट टर्न होते देख अलकेश हड़बड़ा गया।

"नहीं बहुत हो गया अब। चलूँगा।"

"अरे, नेमचंदवा आता होगा···पान तो लेते जाइए···"

"नेमीचंद से मैं रास्ते में मिल लूँगा। मिल जाएगा चौराहे पर।"

अलकेश को आगे कुछ कहने और इसरार का कोई मौका दिए बिना मैं बाहर आ गया।

तभी पीछे से अलकेश ने गुहार लगाई, "बज़्मी भाई ! दो ठो नई कविताएँ लिखी हैं। खास आपके मतलब की। ले नहीं जाइएगा क्या ?"

"अभी अपने ठिये पर ही रहने दो उन्हें···फिर कभी···" पीछे मुड़कर उसे देखा मैंने और तेज-तेज कदमों से आगे बढ़ गया। मुझे डर था कि कहीं यह मेरे साथ स्टेशन को न चल दे। तभी सामने से थ्री व्हीलर आता दिखाई दिया। मैंने तुरंत हाथ दिखाकर उसे रुकवाया और कूदकर सवार हो गया। अलकेश अभी भी दरवाजे पर खड़ा था।

सरबजीत

चीजें कितनी तेजी से बदल जाती हैं, यह अहसास इतना जबरदस्त पहले कभी नहीं हुआ था।

दिल्ली आए हुए कई महीने बीते चुके थे। इतने सालों बाद स्थायी रूप से दिल्ली आना हुआ था। इसीलिए अबकी मिजाज में स्थिरता थी और नजरों में ठहराव था। हर चीज ध्यान से देखी और परखी जा रही थी। पूरा माहौल, लोग-बाग, अपनी दिनचर्या सबमें बदलाव था। यह स्वाभाविक भी था। इतने बरस हिंदुस्तान से बाहर रहे। विदेशों का माहौल...दूतावासों की सुविधाएँ, आदतें खासी तबाह हो गई थीं। अब वैसी जिंदगी तो यहाँ नहीं मिल सकती थी। न ही चौबीस-पच्चीस साल पहले का वह जाना-पहचाना माहौल वापस आ सकता था जिसे हम पीछे छोड़ गए थे।

इससे पहले थोड़े-थोड़े दिनों के लिए आना होता। एक अजीब सी उत्तेजना और उत्सुकता रहती थी तब। महीने भर का पूरा प्रोग्राम तैयार करके लाते। कहाँ-कहाँ जाना है, किस-किससे मिलना है। बहुतों से कुछ कहना होता। कई लोगों से इतने दिनों का संचित सुनना होता। तोहफे देना-तोहफे लेना। दावतें खाना-दावतें देना। जाने क्या-क्या करना होता उस थोड़े-से समय में। बच्चों के घूमने-फिरने का प्रोग्राम अलग ही रहता। इतनी भागमभाग रहती कि बस। उस उत्तेजना और उछाह में कब छुट्टियाँ गुजर गईं, पता ही नहीं चलता कि वापस जाने का वक्त आ जाता।

अबकी बार का आना दूसरी तरह का था। प्रवीण के रिटायरमेंट

के बमुश्किल चार–पाँच साल रह गए थे। इतने बरसों में कभी कहीं और कभी कहीं दूतावासों में रहे। लगभग सारी दुनिया घूम ली थी हमने। अब अंतिम पोस्टिंग हमने विदेश मंत्रालय में चाही। रिटायरमेंट से पहले हिंदुस्तान के माहैाल को समझना-बूझना जरूरी था। बच्चों को खासतौर से एडजस्ट करना था। पिंकी की शादी करनी थी। बॉबी की इच्छा आई. ए.एस. बनने की थी। इसीलिए मैंने और प्रवीण ने सोचा कि बेहतर होगा अगर अब अपने मुल्क में, जहाँ आगे रहना है, सही वक्त पर सैटिल हो जाएँ।

अबकी हिंदुस्तान आने पर पहली जैसी भागमभाग नहीं थी। हर काम में इत्मीनान था। हाँ व्यस्तता जरूर थी। ढेर सारे इंतजाम करने थे। नया घर···नई व्यवस्था···साज सज्जा···नौकर वगैरह–वगैरह जिनके बिना घर चलाना नामुमकिन–सा हो जाता है। एक बार फिर नए सिरे से गृहस्थी जमानी थी। नए मेल–जोल के रिश्ते नया माहौल बनाना था।

बेटी इंजीनियर बनना चाहती थी। उसका दाख़िला आई.आई.टी. में हो चुका था। ध्यान आया कि सरबजीत भी तो यहीं आई.आई.टी. में है। पिंकी से मैंने कहा कि, "बेटी ! इलेक्ट्रोनिक्स में जाकर प्रोफेसर सरबजीत को पूछ लेना। बता देना कि मैं प्रवीण और आभा शुक्ला की बेटी हूँ।" लेकिन आजकल के बच्चे ! सब अपनी मर्जी के मालिक हैं। कोई किसी की नहीं सुनता। बॉबी को तो यही सबसे बड़ा एतराज है कि हर जगह वह क्यों अपने डैडी के नाम और पद की बैसाखियों क़े सहारे लोगों से मिले या संबंध बनाए। क्या जमाना है। हम अपने पिताजी का नाम हर जगह इस गर्व से लेते थे कि मानो उनके नाम पर हमारे सीने में एक तमगा जड़ दिया जाएगा। यह तो तब है जब इन बच्चों के अब्बाजान हमेशा ऊँचे अधिकारी रहे। हिंदुस्तान आने से पहले, छोटे–छोटे ही सही, दो मुल्कों के राजदूत भी रहे। कोई ऐसे ही ऐरे-गैरे मामूली आदमी के बच्चे होते तब तो शायद बाप का नाम बताने में भी शर्म आती।

पिंकी कहा करती है, "मॉम, आप बुरा क्यों मानती हैं। यह तो आत्मविश्वास की निशानी है। बिना आपकी मदद के हम कुछ करना

चाहते हैं, यह तो खुशी की बात होनी चाहिए। हिंदुस्तानी माँ-बाप तो आखिरी दम तक बच्चों को अपने पंखों के नीचे दुबका कर रखना चाहते हैं···'' और मेरी बेटी मुझे अक्सर ऐसे लेक्चर पिला दिया करती है। मैं हैरान हूँ।

तभी तो मुझे लगता है कि जमाना तेजी से बदल रहा है। आभा रानी, तुम जो नाक पर मक्खी नहीं बैठने देती थीं, तुम्हें अब तुम्हारे बच्चे पढ़ा रहे हैं। अपने पति के साथ देश-विदेश घूमती रहीं, जगह-जगह की जिंदगी और समाज को देखती-सुनती रहीं, तुम्हें तुम्हारे बच्चे आउट डेटेड करार दे रहे हैं।

शायद यह हमेशा से होता चला आया है और होता चला जाएगा। हर बाद में आनेवाला अपने पहलेवाले से कई छलाँग आगे होगा। यह तो उचित ही है वरना समय के बहाव में ठहराव आ जाएगा। जमाना ठहर जाएगा···और समय भी कहीं ठहरा है ? बढ़ता ही जाता है आगे-और आगे !

मैंने पिंकी से कहा कि प्रोफेसर सरबजीत से मिल लेना, तो वह बोली, ''मॉम, डोंट वरी ! आपके बॉय फ्रेंड से फिर मिल लेंगे कभी। जल्दी क्या है ? अभी तो चार साल पढ़ना है यहाँ।''

अब क्या बुरा मानना उसकी बात का ! परिहास में सही, यह बॉय फ्रेंडवाली बात बताई तो मैंने ही थी। आखिर इतने सालों तक हम लोग बाहर रहे। आपस में खुलापन, बच्चों के साथ बराबर की दोस्ती···मजाक···यह तो लाजिमी है। हमारे आपसी रिश्तों में यह खुलापन न हुआ तो हममें और दूसरे लागों में फर्क ही क्या रहा···और मैं उसकी बात पर हँस पड़ी।

मेरा दिल कर रहा था कि मैं सरबजीत से मिलूँ। देखूँ, कैसा है वह, उसका परिवार, उसके बच्चे, उसकी प्यारी गबद्दू-सी बीवी गुरू !

उन दिनों हम लोग अमेरिका में थे। सरबजीत अपने इंस्टीट्यूट से तीन साल की छुट्टी लेकर आया था, किसी फैलोशिप पर। उसकी बीवी गुरमीत

और बेटा कुक्कू साथ थे। कुक्कू रहा होगा कोई तीन साल का। छोटा मिक्की तो वहीं अमेरिका में ही पैदा हुआ था !

सरबजीत जब वहाँ आया तो हम ही लोग थे उसके परिचितों में। उसको मकान दिलवाने से लेकर उसकी गृहस्थी जमाने तक, जो कुछ हो सकता था हमने किया। प्रवीण को तो ज्यादा फुरसत होती नहीं थी इसीलिए मैं ही उन लोगों के साथ घूमती और शॉपिंग करती। सरबजीत अपनी रिसर्च में लग गया तो उसकी बीवी गुरमीत की अकेलेपन की समस्या। फिर उसके बेटे के लिए स्कूल की समस्या। जाहिर है मैं ही इन सब कामों के लिए हाजिर थी। मुझे ही कौन बहुत काम थे ? दो अकेले मिल गए और अच्छी कटने लगी।

गुरू बहुत प्यारी लड़की थी। बेहद हँसमुख। सरबजीत की बिल्कुल उल्टी। बेहद बातून।

मैंने उससे पूछा, "तुझे मालूम है गुरू सरबजीत मेरा क्लासफेलो था और मेरा दोस्त भी था ?"

"मालूम है जी ! सब जानती हूँ। आने से पहले जब ये आप लोगों को लिख रहे थे तभी बताया था सब कुछ।"

"क्या बताया था ?" मैं मुस्कराई।

"यही कि आपसे उनकी दोस्ती थी। आप दोनों साथ-साथ पढ़ते थे। आपकी शादी जब परवीनजी से हुई थी तो ये गए थे आपकी शादी में।"

"भगवान के लिए गुरू, प्रवीण को परवीन तो न बना···" मैंने एकदम उसे टोका। "मुझे बहुत तकलीफ होती है।"

"इसमें क्या तकलीफ की बात है जी," गुरमीत असमंजस में हो गई। "परवीनजी···"

"प्रवीण, गुरू, प्रवीण नाम है उनका प्र··प्र···"

लेकिन गुरू ने प्रवीण को न तो परवीन कहना छोड़ा और न ही मैंने उसे टोकना छोड़ा।

मैं सरबजीत को भी टोका करती थी। हम लोग यूनिवर्सिटी में बी.एस-सी. में थे। एक बार यूँ ही मैंने अपनी दोस्तों के बीच बड़े दार्शनिक अंदाज में कहा था, "अच्छी खासी शक्ल को दाढ़ी–मूँछ से ढककर ये लोग बेकार कर देते हैं। अब बताओ, अच्छा–भला आदमी है यह सरबजीत–इतना हैंडसम। दाढ़ी–मूँछ रखाकर चौपट हो गया।"

मैं अपनी समझ में कोई ऊँचा मजाक कर रही थी लेकिन यार–दोस्तें तो ले उड़ीं बात को। खासतौर से वह आशी चड्ढा, वह तो आफत की परकाला थी ! जहाँ कहीं सरबजीत दिख जाता···और दिखना लाजमी था, आखिर एक ही क्लास में थे हम लोग, वो फौरन शुरू हो जाती।

"आभा का हैंडसम आ गया।"

'हाय हैंडसम।"

"मिस्टर सरबजीत, आभा तो नहीं मिली आपको।"

ऐसा बात का बतंगड़ बनेगा, इसका मुझे अंदाजा नहीं था। हद तो तब हुई जब आशी ने उसका आइडेंटी कार्ड ही पार कर दिया और उसमें से सरबजीत की तस्वीर नोच-खींचकर मुझे भेंट कर दी। उसे देखकर कमेंट करना और मुझे टोहके मारना तो मेरी दोस्तों का शगल था ही। मैं सचमुच बौखला गई थी।

गाहे-ब-गाहे आशी मुझे एक सलाह देने से न चूकती।

"यार आभा ! दोस्ती तक तो ठीक है। लेकिन शादी–वादी की बात··ये मत सोचना कभी।"

"क्यों भई ! सोचने में क्या बुराई है ?" मैं भी ऐसे सवाल करती जैसे वाकई कोई गंभीर मसला हो।

"यार, दाढ़ी–मूँछवाला सरदार है। रात भर छींक–छींक कर मर जाएगी।" वह पूरी गंभीरता से समझाती।

हँसते–हँसते हमारा बुरा हाल होता। हम लोग हवाई महलों में विचरते हुए, बतियाते रहते। हालाँकि सब कुछ विशुद्ध मजाक के स्तर तक था—हँसने–हँसाने का एक शगल-भर, लेकिन हर वक्त वही मजाक, वही ठिठोली। मैं उसके प्रति सचेत हो गई थी और उसे देखकर नर्वस

होने लगती। इतना ही नहीं, कहीं अकेले पड़ जाने पर मैं उससे शरमाने भी लगी थी।

"क्या मुसीबत है," मुझे झुँझलाहट होती। लेकिन तब लड़कपन की उम्र। मजा भी आता लेकिन गुस्सा भी होती। अंदर गुदगुदी-सी होती लेकिन भय भी लगता। कान्यकुब्जियों की लड़की और सरदार···बाप रे ! हमारे घर का माहौल बड़ा एडवांस और प्रगतिशील समझा जाता था। हमारी माँ रेडियो सिंगर रही थीं। शादी के बाद भी कुछ समय तक उन्होंने रेडियो में प्रोग्राम दिए थे लेकिन फिर घर-गृहस्थी के झंझटों ने उन्हें बाँध लिया। पिताजी कवि थे और प्रगतिशील धारा की कविता लिखते थे। हम लोग छोटे-छोटे थे। पिताजी कभी मूड में होते तो प्रगतिशीलता उन पर खासी हावी हो जाती। वे ऐलान करते हुए कहते—

"हम तो साब, लड़कियों को पढ़ा-लिखाकर पैरों पर खड़ा कर देंगे। फिर कहाँ शादी करो—किससे करो—तुम्हारी मर्जी !"

माँ फौरन उसमें आगे संशोधन कर देतीं, "हाँ ! हमें बता दो समय रहते। बस, सिंधी पंजाबी न हों लेकिन ! ये सिंधी पंजाबी न उतरें हमारे गले से !"

शायद उस समय उनके जमाने में सिंधी-पंजाबियों को ही बरदाश्त करना बड़ी बात थी। मुसलमान या क्रिस्तानसे तो शादी की बात सोची भी नहीं जा सकती थी।

देश के बँटवारे के बाद सिंधी, पंजाबी शरणार्थी पूरे हिंदुस्तान में फैल गए थे। उनके प्रति अपने घर में जबरदस्ती घुस आए अनचाहे मेहमानवाली भावना थी या उनकी जिजीविषा और संघर्षों से उपजी आक्रामकता से लोग भयभीत थे। बहरहाल पूरी दया और सहानुभूति के बावजूद आमतौर पर लोग उनसे डरते थे। उन्हें जबरदस्ती हिस्सा बँटानेवालों के रूप में ही पहचानते थे।

हमारी दादी इस मामले में खासतौर से सावधान थीं। हमारा मकान खासा बड़ा था। चाचा की नौकरी लग गई और वह परिवार सहित बाहर चले गए तो उनका हिस्सा किराए पर उठा दिया गया। मुझे याद है कि किराएदार के मामले में हमेशा सतर्कता बरती जाती। किसी सिंधी, पंजाबी

को मकान नहीं दिया गया। तब सभी का यह खयाल रहता कि अगर एक बार कोई घुस गया मकान में तो फिर मकान कभी खाली नहीं करेगा। उल्टे वह पूरे मकान पर ही कब्जा कर लेगा। अजीब भय व्याप्त था सिंधी पंजाबियों के नाम पर।

धीरे-धीरे हम बड़े हुए और कॉलेज जाने लगे तो कभी-कभी की छटा दिखानेवाली वह पिताजी की प्रगतिशीलता भी कपूर की तरह उड़ चुकी थी। अब हमारी माँ ही नहीं, पिताजी भी ठेठ कान्यकुब्जी ब्राह्मण की तलाश में थे कि वे अपनी दो बेटियों को समय रहते ब्याह सकें।

यहाँ यूनिवर्सिटी में यह हाल कि सरबजीत सामने पड़ जाता तो मेरा मुँह लाल होने लगता और बोलती बंद हो जाती। साइंस में प्रैक्टिकल की क्लासों में तो लगातार सामना होने और साथ-साथ काम करने से छुटकारा पाया ही नहीं जा सकता था।

सरबजीत को भी इसका अहसास हो गया था। खासतौर से जबसे उसका आइडेंटी कार्ड गुम हुआ था। अंत में इस समस्या का समाधान मैंने यही खोजा कि उससे दोस्ती कर ली जाए। दोस्ती करके ही हर वक्त की ताने-बोलियों और शरमाने या मुँह लाल करके जल्दी-जल्दी सरक जाने की मुसीबत को खत्म किया जा सकता था। मूसल से जितना डरोगे उतना ही वह डराएगी। इससे बेहतर है कि खुद ही ओखली में सर दे दो। सारा झंझट ही खत्म।

मैंने सरबजीत से दोस्ती कर ली। एक बात मैंने उसे जरूर बता दी थी। मुझे हिंदी बिगाड़ना अच्छा नहीं लगता। मैं खासी हिंदी प्रेमी हूँ। मैं उसे सर्वजीत कहती। अच्छा-भला सर्वजीत नाम। उसे बिगाड़कर सरबजीत बोलो। भला क्या तुक है ? उसे अपने नाम के शुद्धिकरण पर कोई एतराज नहीं था।

सरबजीत से दोस्ती तो हो ही गई लेकिन बी.एस-सी पास करके मैंने साइंस छोड़ दी और एम.ए. में दाखिला ले लिया। मैंने कहा कि न रहेगा बाँस और न बजेगी बाँसुरी। न रोज-रोज का मिलना होगा और न आगे कोई किस्सा बढ़ेगा।

मुझे मालूम नहीं था कि इस बीच सरबजीत सीरियस हो जाएगा

मेरे लिए। उसे मेरा साइंस छोड़कर साहित्य पढ़ना अच्छा नहीं लगा।

मैं भी उसके इशारे समझ रही थी लेकिन उसकी बातों को मैं हँसी में उड़ा देती। मैंने उससे कहा कि मामूली सेकिंड डिवीजन लेकर आगे साइंस पढ़ना बेकार है। वह था फर्स्ट क्लास टॉपर। उसका मेरा क्या मुकाबिला।

उन्हीं दिनों प्रवीण से मेरी शादी की बात चल रही थी। उसे भी भनक लग गई थी। वह कुछ ज्यादा ही उदास हो गया। हालाँकि ऐसे मौकों पर लड़कियाँ उदास हुआ करती हैं और फिर दुनिया जहान के कस्मे-वादे देकर पिता के घर से सुखपूर्वक विदा हो जाती हैं।

मैंने उसे अपनी शादी की सूचना दी और फिर शरारत से हँसते हुए कहा—

"क्या बताऊँ, तुम अगर सरबजीत की जगह सर्वजीत होते तो जरूर मैं तुमसे ही शादी करती।"

वो मेरे मजाक पर और उदास हो गया तथा आसमान ताकने लगा। मैंने फिर उसे कोंचा।

"ऐसा करना कि अपने बच्चों के नाम जरा ठीकठाक रखना। शुद्ध नाम रखना, हिंदीवाले।"

"ठीकठाक नाम कैसे होते हैं ?" उसने भोलेपन से पूछा।

"अरे, जैसे सौरभ, सुमित, विनीत, पुनीत, मीता, ललिता...और कैसे ?"

"फिर ! इससे क्या होगा ?" उसके चेहरे पर नादान बच्चोंवाला दूधिया भाव था। दरअसल शुद्ध साइंस दां था वह। अपने विषय में अव्वल। लेकिन उससे आगे और कुछ नहीं ! अपने विषय के घेरे के बाहर की चीजें जरा देर से समझ में आती थीं उसे।

मैंने हँसते हुए उसे समझाया, "इससे ये होगा कि हमारे और तुम्हारे बच्चों की शायद आपस में शादियाँ हो सकें। अगर तुम्हारे सुरिंदर और महिंदर और पपिंदर हुए तो बस—फिर कोई गल नहीं बनेगी।"

गंभीर उदासी में भी मुस्करा दिया वह। मैंने चैन की साँस ली।

सरबजीत जल्दी ही नॉर्मल हो गया। उसने फिर टॉप किया था

एम.एस-सी. में। फिर कुछेक बरस बाद वह आई.आई.टी. में लेक्चरर हो गया।

अब तो वह प्रोफेसर था। अमेरिका रिटर्न। एक बड़ा साइंस दां ! भूले-भटके उसकी खबर मिलती रहती थी।

पिंकी से मैंने कहा कि वह प्रोफेसर सरबजीत का पता ले आए। हम लोग अचानक प्रोफेसर सरबजीत से मिलने जाएँगे। सरप्राइज देंगे उन लोगों को।

सरबजीत का घर कैंपस में ही था। इतने सालों बाद उससे मिलना होगा। कैसा लगेगा ? अट्ठारह–उन्नीस साल की तो मेरी बेटी है। लगभग वही उम्र जब हम लोग साथ थे। उसकी बीवी गुरू भी तो बदल गई होगी इतने दिनों में। उसकी तो मोटे होने की ढब थी। जब अमेरिका आए थे वे लोग तब भी मैंने उसे टोका था।

"अभी तो एक बच्चा हुआ है गुरमीत और तू फैलने लग गई। थोड़ा ख्याल कर सेहत का वर्ना एक और बच्चा होने पर पूरी सेठानी हो जाएगी। अम्मा लगेगी सरबजीत की।"

बहुत हँसी थी वह।

"तब तो आभाजी, मुझे जरूर मोटा होना है। इन्हें बीवी से ज्यादा अम्मा चाहिए जो निवाला भी इनके मुँह में दे।"

बातूनी तो वैसी ही होगी वह। आस–पड़ोस, रिश्ते–नातेदारी, सबके किस्से सुना डालेगी। बच्चे भी खासे जवान हो गए होंगे। बड़ा विनीत हमारी पिंकी से थोड़ा ही बड़ा था। पढ़ाई खत्म कर रहा होगा अब तो वह। छोटे पुनीत को भी नहीं देखा। सबकी तस्वीरें जरूर लगी हैं हमारे अलबम में।

सरबजीत के बच्चों के नाम मैंने ही रखे थे। बहुत बड़ी इज्जत बख्शी सरबजीत और गुरमीत ने मुझे। सरबजीत ने मुझे लिखा था कि नामों की अपनी पुरानी लिस्ट से ही उसके बेटों के नाम रखूँ। लड़कपन की बातों को भूला नहीं था वह !

घंटी बजाई। एक अपरिचिता ने दरवाजा खोला। उसके पीछे-पीछे चला आया था एक रोता-झींकता छह-सात साल का लड़का।

"ये प्रोफेसर सरबजीत का...प्रोफेसर सरबजीत हैं क्या घर में ?"

अपरिचिता की उम्र तो कोई खास नहीं थी लेकिन चेहरे पर फैली पथरीली सख्ती उसे कई युग पीछे ले जा रही थी।

"आप कौन हो ? क्या काम है उनसे ?" पत्थर फेंककर मारा हो जैसे उसने !

मैं क्या बताती उसे : एक पहाड़ खड़ा कर दिया था उसने मेरे आगे। बरसों बाहर विदेशों में रही, मॉडर्न समझी जानेवाली मुझ जैसी औरत उस नितांत देशी औरत के सामने झिझक रही थी। मेरी समझ में नहीं आया कि क्या तो उसे अपना नाम बताऊँ और क्या काम बताऊँ। उसके पीछे खड़ा मचलता-सा लड़का शायद कुछ जिद कर रहा था और उसकी चुन्नी लगातार खींच रहा था।

वह बच्चे को एक हाथ से हटाते रहने के बावजूद सावधानी से पूरा दरवाजा छेककर खड़ी थी कि कहीं से भी हम लोगों के भीतर घुसने की गुंजाइश न रहे। उसके चेहरे की सख्ती और तल्खी। मुझे लगा कि अपरिचय के किसी जंगल में भटक गई हूँ मैं।

मुझे बहुत शर्म आई। साथ में पिंकी थी, इसीलिए ज्यादा ही शर्म आ रही थी। सरबजीत के घर जाएँगे और ऐसा व्यवहार होगा, सोचा भी न था।

"आ'म आभा शुक्ला, फ्राम स्टेट्स ! ही इज आ'र फ्रेंड। आ'र फेमिली फ्रेंड। वेर इज ही ? ऐंड हिज वाइफ गुरमीत ?"

अमेरिकन लहजे में अंग्रेजी बोलकर रौब मारना कुछ असर कर गया था। मुझे यही तरीका समझ में आया उसे परास्त करने का। उसके चेहरे का पत्थर कुछ पिघलना शुरू हुआ था लेकिन मुस्तैदी उसकी पूर्ववत थी। दरवाजा रोके हुई थी वह।

"वो प्रोफेसर साहब बीमार हैं ?"

"और गुरू ? वो कहाँ है ?"

उसके चेहरे का पत्थर फिर वापस आ गया।

"वो नहीं हैं यहाँ ! बाहर गई हैं।"

मैं फिर असमंजस में हो गई। कमबख्त यह हटती क्यों नहीं दरवाजे से। इतनी मामूली-सी तहजीब भी नहीं कि कोई इतनी दूर से आया है, कम-से-कम घड़ी दो घड़ी बैठने को कहे। पानी को पूछ ले।

पिंकी का चेहरा तमतमा रहा था। "मॉम चलिए अब।"

किसी तरह आज की इज्जत बचानी थी वर्ना पिंकी, बॉबी और प्रवीण के सामने जो मेरा मखौल होगा, जो बेइज्जती होगी, जनम-जिंदगी उसकी भरपाई न हो सकेगी। मैंने आखिरी प्रयास किया।

"सरबजीत कहाँ हैं ? हॉस्पिटल में ? कहाँ इलाज हो रहा है उनका ?"

"नहीं जी, घर पर ही हैं। लेकिन मनाही है मिलने की उनसे।" फिर होंठ भींच लिए उस औरत ने।

"मॉम, इट इज टू मच। कम ऑन…" और सचमुच वह चल दी।

मेरे तो पैर मन-मन भर के हो गए। इतना अपमान, इतना जाहिलपन। हद है बैकवार्डनेस की। अगर एक स्मार्ट और आधुनिक औरत किसी आदमी से मिलने आ जाए तो यह हाल होता है घरवालों का। हिंदुस्तान को तो अभी सदियों लगेंगे और मुल्कों के बराबर आने में। एकदम जाहिल और गँवार लोग। लोअर मिडिल क्लास जहनियत।

गाड़ी सड़क के उस पार खड़ी थी। पिंकी बैक करके ला रही थी। मैं घर से कुछ कदम आगे खड़ी थी। तभी उस ओर आती एक महिला से सामना हुआ। भारी मेकअप में लिपी-पुती। सरबजीत के घर की ओर जा रही थी।

मैं पीछे घूमकर देखने लगी। हमें तो घर के अंदर झाँकने भी नहीं दिया। यह कौन-सी तीसमारखाँ जा रही है। मैं ताकने लगी उसकी ओर।

वह रुक गई। उसकी निगाहें भी मुझ पर टिकी थीं। शायद कोई पहचान तलाश रही थी वह और अचानक मेरे पास आकर लिपट गई मुझसे।

"हाय आभा ! तुम आभा ही हो न।"

"आशी ! आशी तू !" हाँ ! वह आशी थी, मेरी सहेली ! वही जिसने सरबजीत का आइडेंटी कार्ड चुराया था। शैतान की आँत, हर वक्त पीछे लगी रहती थी मेरे।

मैंने पिंकी को बुलाया। आशी ने पिंकी को तो एकदम भींच लिया। पिंकी मुँह बनाती हुई बिदककर अलग खड़ी हो गई।

आशी ने बताया, उसके पतिदेव भी इंस्टीट्यूट में प्रोफेसर हैं। कुछ साल पहले ही यहाँ आए। यहाँ आने पर सरबजीत से मुलाकात हुई तो पुराने रिश्ते, दोस्तियाँ सब ताजा हो गईं। अब सरबजीत के साथ पति के सहकर्मी होने का रिश्ता भी था। फिर कैंपस में रहने चले आए तो पड़ोसी का रिश्ता और गहरा हो गया। वही पड़ोसी धर्म निभाने जा रही थी आशी।

"और सुना ! तू यहाँ कैसे ? सरबजीत से मिलने आई थी।"

अब मेरी बारी थी। मैं तो भरी हुई थी, लबालब ! भरपूर बरसी मैं। हाँ, मैं सरबजीत से मिलने आई थी। उसके यहाँ किसी ने बिठाना तो दूर, दरवाजे के भीतर झाँकने भी नहीं दिया। इतने अनकल्चर्ड लोग हैं। सरबजीत को हो क्या गया ? अमेरिका आया था गुरू के साथ। हमने कितनी मदद की। कितनी खातिर की। अपने साथ रखा परिवार की तरह। सबकुछ भूल गए ये लोग ? यहाँ लोगों में इतनी जहालत है, ये तो मालूम था लेकिन इतनी बेमुरव्वती है···इतनी अहसान फरामोशी है, अंदाजा नहीं था। हमारे हिंदुस्तान में तो राह चलते लोगों को पानी पिलाया जाता है। इनके यहाँ दो घड़ी बैठने के लिए भी किसी ने नहीं कहा।

मैंने सब कुछ उँडेलकर खाली कर दिया। घने बादलों का बोझ मन से उतार डाला। कुछ रोशनी-सी हुई लेकिन मेरी आँखों में आँसू छलक आए थे। इतनी बेइज्जती और सरबजीत के यहाँ ! मेरी कल्पना से ये बात बाहर थी।

आशी सुनती रही···सुनती रही। वह लगातार चुप थी। मेरे खामोश हो जाने पर वह धीरे से बोली, "तुम्हें शायद कुछ नहीं मालूम।"

"क्या नहीं मालूम ?"

"सरबजीत के बारे में। अच्छा ! यहाँ नहीं खड़े रहते। चल तू मेरे साथ। घर चलते हैं। पिंकी···यही नाम है न तुम्हारा ! चल बेटे···घर चलकर बैठेंगे और तब बातें करेंगे आराम से। बस, दो मकानों को छोड़कर तीसरा मकान है हमारा ! मेरी बेटी भी तुम्हारे ही बराबर है···"

आशी के घर पहुँचकर राहत मिली। आशी की बेटी नीनू भी इंजीनियरिंग के दूसरे साल में थी। पिंकी की सीनियर।

"नीनू···जाओ बेटे। पिंकी को ले जाओ अपने साथ। लेकिन रैगिंग मत करना उसकी।"

मैं आशी से बहुत कुछ सुनना चाहती थी। जानना चाहती थी और वह थी कि चाय-नाश्ते में लग गई।

उसके बाद जो कुछ आशी ने बताया, मुझे लगा कि अच्छा होता अगर आशी मुझे न मिली होती। उसने मुझे सच्चाई न बताई होती। तब बेगैरत और अहसान फरामोश सरबजीत को भूलना कहीं आसान होता। लेकिन अब तो मैं ग्लानि के ऐसे समुद्र में डूब रही थी जहाँ से उबरना शायद जनम-जिंदगी संभव न हो सके। मैं किसी के लिए कुछ भी नहीं कर सकती थी। कोई मदद नहीं कर सकती थी मैं सरबजीत की···उसकी गुरू···उसके विनीत और पुनीत की।

उसका बड़ा बेटा विनीत यानी कुक्कू—वह कत्ल कर दिया गया था।

इंदिरा गांधी की हत्या के बाद हुए दंगों में उसके बेटे विनीत की बलि चढ़ा दी गई। वह स्कूल से घर वापस आ रहा था ऑटो रिक्शा में। ऑटो रिक्शा समेत उसे जला दिया गया !

सरबजीत की आधी जिंदगी तो तभी चुक गई। बची-खुची जान में हिम्मत बटोर कर वह कैंपस में रहने आ गया। बीमार जैसा रहने लगा था वह। उसे हरदम लगता कि उसके घर पर लोग हमला करने आ गए हैं। लोगों से मिलना-जुलना भी कम हो गया था उसका। छोटा बेटा मिक्की—उसे जब चाहे घर बिठा लेता। कई-कई दिन स्कूल नहीं जाने देता। पढ़ नहीं पा रहा था यहाँ पुनीत। फिर उसने छोटे बेटे को उसके दादा-दादी के पास अमृतसर भेज दिया। उसे लगा था कि पुनीत

वहाँ ज्यादा सुरक्षित रहेगा !

पुनीत के जाने के बाद सरबजीत नॉर्मल होने लगा ! पुनीत की ओर से निश्चिंत हो गया था वह ! लेकिन किस्मत की मार ! पिछले साल से पुनीत का भी कहीं पता नहीं है। घर से भाग गया है वह ! दरअसल दादा-दादी उसके खासे बुड्ढे हैं। उनका कोई नियंत्रण. नहीं था उस पर ! पता नहीं वहाँ कैसी सोहबत संगत में फँस गया ! अब तो लगता है कि यहाँ माँ-बाप के साथ ही रहता तो शायद यह नौबत न आती।

''कहाँ चला गया होगा ?'' आँसू घोंटते हुए पूछा मैंने। भरे गले से आवाज निकलना मुश्किल थी।

''क्या पता ! लोग तो तरह-तरह की बातें करते हैं।''

''और गुरू ! उसकी बीवी ?''

''वह तो ऐसी पगला गई कि उसे मेंटल हॉस्पिटल में रखना पड़ा। पड़ोसियों के घरों में पत्थर मारती रहती थी। गालियाँ बकती थी। जब चाहे किसी के घर में घुसकर हल्ला करती कि इन्हीं लोगों ने पुनीत को छिपा रखा है। एक दिन एक जलता हुआ पलीता अपने पड़ोस के घर के लॉन में डाल दिया। कहने लगी कि इन लोगों ने विनीत को जलाया था। वह भी उनका घर जलाएगी···अजीब हाल था उसका। दया भी आती थी और गुस्सा भी आता था। ज्यादा वायलेंट हो गई तो फिर भेजना पड़ा उसे मेंटल हॉस्पिटल।''

''लेकिन सरबजीत···''

''उसका तो होना न होना बराबर है। बिल्कुल गुमसुम रहता है। खाना दे दो तो खा लेगा। सोने को कह दो तो सो जाएगा। कमरा बंद करके पढ़ने लगेगा तो पढ़ता रहेगा, जैसे कि दुनिया में पढ़ाई के अलावा और कुछ है ही नहीं। कभी दिल चाहेगा तो पहचानेगा। दिल नहीं चाहेगा तो एक नजर डालकर फिर कमरे में बंद हो जाएगा। एक चक्कर रोज जाती हूँ वहाँ। पुरानी दोस्ती का लिहाज करता है। कभी जोर जबरदस्ती करके तो कभी गुस्सा करके उसे कमरे से बाहर निकालती हूँ। खाना खिलवाती हूँ अपने सामने। थोड़ा गपशप करने की कोशिश करती हूँ।''

आशी चुप हो गई थी लेकिन उसकी आँखें कहीं दूर टिकी हुई थीं, सोच में डूबी। जैसे अब कुछ और कहना उसके वश में न हो। शेष सबकुछ अपनी समझ पर निर्भर करता हो।

अब शर्म से गड़ने की मेरी बारी थी। क्या सफाई देती मैं अपनी नाराजगी की।

"लेकिन आशी। वह औरत। उसे बताना तो चाहिए था न ! हम इतनी दूर से आए"इतने बरसों बाद ! हमें क्या मालूम।"

"दरअसल हम लोग एहतियात रखे हैं कि यह बात फैलने न पाए कि सरबजीत की दिगामी हालत ठीक नहीं ! उसकी नौकरी पर बन आएगी। वह जो तुम्हें मिली, तेजिंदर है। उसकी बहन ! वही आ जाती है अक्सर यहाँ। घर सँभाल रही है उसका। फिलहाल इंस्टीट्यूटवाले मेहरबान हैं। सरबजीत को तनख्वाह मिल रही है। वरना उसका इंस्टीट्यूट जाना या न जाना एक जैसा ही है। पूरी सहानुभूति है उसके साथ लोगों की इसलिए तनख्वाह तो मिल रही है। साथ ही इलाज भी चल रहा है। ज्यादा दिमाग चल गया तो नौकरी भी हाथ से जाएगी। दो जानें तो यूँ चली गईं। दो भूख और फाके से खत्म हो जाएँगी।"

मुझे लगा कि मैं हिलने-डुलने के काबिल भी नहीं रही। एकदम जड़ हो गई थी वहीं पर। उस औरत तेजिंदर के चेहरे पर फैला हुआ पथरीला रेगिस्तान अब मेरे भीतर फैल गया था। गिरते खंडहरों के तपते पत्थरों के बीच भटकने लगी थी मैं।

"तू इतनी परेशान मत हो। अब तो काफी बेहतर है वह। चल मैं ले चलती हूँ तुझे। मेरे साथ चल। तुझे देखकर जरूर खुश होगा वह।"

कैसा भयंकर भूचाल आया सरबजीत की ज़िंदगी में। पूरा नक्शा ही बदल गया। एक भरी-पूरी, दिनोंदिन बुलंद हो रही इमारत जो कितनों के सर पर छत दे रही थी, अचानक ध्वस्त होकर खंडहर में बदल गई थी।

आशी मुझे खींचती हुई ले जा रही थी। मैं सोच रही थी कि अगर सरबजीत ने मुझसे कुछ सवाल किया तो मैं क्या जवाब दूँगी। वह पूछ सकता था कि मेरे विनीत और पुनीत कहाँ चले गए। क्या

कसूर था उनका ? तुमने जो उन्हें ये नाम दिए थे, उनकी पहचान दी थी—तुमने क्यों नहीं हिफाजत की उनकी। तुम तो बहुत दोस्ती का दम भरती थीं—क्यों नहीं आईं जब मेरी दुनिया जल रही थी, तितर-बितर हो रही थी। क्यों नहीं छिपाया तुमने विनीत और पुनीत को अपनी गोद में। गुरू को तुम बहुत पसंद करती थीं···क्यों नहीं लगाया तुमने उसे अपने गले से···हाँ ! वह मुझसे जवाबदेही कर सकता था। उसे पूरा हक था···और मैं उसके सामने कठघरे में खड़ी थी। मैं ही नहीं, अनगिनत लोग थे। हम सब जवाबदेह थे प्रश्नचिह्न बनते उसकी निगाहों के !

मैं सोच रही थी कि मुझे सरबजीत के सामने जाना चाहिए या नहीं।

चीजें इतनी तेजी से बदल जाएँगी, मैं तो क्या, कोई भी नहीं सोच सकता था।

फिर एक बार

रोशनी और अँधेरे के बीच लुका-छिपी करता शाम का झुटपुटा घिर आया है। विभा अभी थोड़ी देर पहले गई है। मनीष भी उसके साथ ही उठ गया।

विभा के शब्द मेरे कानों में हथौड़े की तरह से बज रहे हैं घन्-घन्-घनन-घन्…हम…हमारे आसपास…सब कुछ किस तेजी से बदल जाता है। मधुरा बुआ को क्या लिखूँ…कि आपकी बेटी विभा ने संबंध बनने से पहले ही तोड़ लिए ! और किस आसानी से !! कहीं कोई उलझाव नहीं…दुविधा नहीं। सबकुछ हो गया और जैसे कि कुछ हुआ ही न हो। सबकुछ आज के ज़माने में कितना आसान हो गया है।

मुझे आज मधुरा बुआ की बहुत याद आ रही है। मधुरा बुआ…भरे-पूरे परिवारवाली। सुखी-संपन्न। अपने घर-परिवार और पति के हृदय की एकछत्र स्वामिनी। आत्मविश्वास से दमकता-मुस्कराता चेहरा।

बुआ की शादी को मुश्किल से एक साल हुआ था जब वह हादसा हुआ था। एक तूफान-सा उठा था हमारे परिवार में जो बुआ की जिंदगी को तहस-नहस करने के लिए बढ़ा आ रहा था। बुरी तरह झकझोर गया था वह हम सबको…बाहर-भीतर सब तरफ से। लगता था कि पूरी दुनिया उलट-पलट हो गई है। तलाक जैसा काला-धब्बा, जिसकी तब हम लोग कल्पना भी नहीं कर सकते, बुआ के माथे पर लगने जा रहा था। विभा से कम ही उम्र थी तब मधुरा बुआ की।

कभी-कभी काले घने बादलों के बीच से झाँकती एक नन्ही सुनहरी

किरण भी कितनी ताकतवर और उजली हो सकती है⋯यह उस दिन समझ आया था। यह मधुरा बुआ की किस्मत थी या उनकी समझदारी कि शांत नदी की निर्मल धारा जैसा उनका व्यवहार, जो रास्ते में डाल दिए गए पत्थरों के ढेर को अपने साथ बहा ले गया था। घने, डरावने बादलों के बीच से निकालकर बाहर ले आई थीं बुआ, चमकते सूरज को, जिसकी गर्माहट से सारी ठिठुरन और संताप तिरोहित हो गए थे।

मुझे अच्छी तरह याद है बड़ी बुआ के साथ कानपुर जाते ही वह हादसा हुआ था। घर में अजीब रोआ-पीटी का माहौल हो गया था।

रजिस्टर्ड डाक से आया वह लिफाफा बुआ के नाम से ही था। डाकिया पुराना था और घर के सभी लोगों को पहचानता था, इसलिए दस्तखत करवाकर अम्माँ को थमा गया वह लिफाफा।

मधुरा बुआ ! जैसा नाम वैसा ही मीठा स्वभाव। ऊँचा बोल तो शायद ही सुना हो किसी ने। अम्माँ बताया करतीं कि उनकी शादी के समय बुआ पाँचेक साल की थीं। मैंने और नेहा ने बहुत दिनों बाद जाना कि वे हमारी दीदी नहीं बल्कि बुआ हैं। वे हमें बहुत प्यार करतीं। हमारी दोस्त भी थीं वे और सरपरस्त भी। शहद में डूबा⋯चिड़ियों-सा चहकता स्वर उनका। जितनी देर कहीं रहतीं पूरे वातावरण में रस घुल जाता। विषाद और निराशा का कहीं स्थान नहीं था उनके चारों ओर।

हाँ ! तो वह रजिस्टर्ड लिफाफा इलाहाबाद से आया था। फूफाजी ने भेजा था। अम्माँ सीधे लिफाफा दादी के पास ले आईं।

दादी पड़ोस की चंपा ताई के साथ धूप में बैठी बतिया रही थीं। चंपा ताई अक्सर ही दोपहर में आ जाया करतीं। काम तो बतियाने का होता लेकिन बहाना कुछ भी हो सकता था। मसलन, उन दिनों दादाजी बीमार चल रहे थे। सो उनका हालचाल पूछने और तीमारदारी के वास्ते अपनी नेक सलाहें देना जरूरी था।

दादी के कहने पर अम्माँ ने लिफाफा खोल लिया। बाकी तो कोर्ट-कचहरीवाली अदालती भाषा थी—उसके बीच से निकालकर जो कुछ अम्माँ समझ पाई उसका मतलब यही था, फूफाजी ने नोटिस भिजवाया था मधुरा बुआ के लिए। नोटिस मिलने के दिन से हफ्ते भर के अंदर

अगर बुआ इलाहाबाद न पहुँचीं तो संबंध ख़त्म—यानी तलाक ! यानी फिर बुआ को इलाहाबाद जाने की जरूरत नहीं। हमेशा के लिए लखनऊ रहें वह।

कागज पढ़ते-पढ़ते अम्माँ के हाथ-पैर काँपने लगे। "हाय माँ जी मधुरा···" कहकर अम्माँ वहीं धप् से बैठ गई। दादी ने मुँह पर पल्ला रखकर रोना शुरू कर दिया। अम्माँ ने दादी के कहने पर लिफाफ़ा खोलकर पढ़ तो लिया लेकिन एक चूक हो गई। यह ख़्याल नहीं रखा कि चंपा ताई भी वहीं बैठी हैं। ताई ठहरी बेतार का तार। पल-भर में बिजली की तरह समाचार चारों ओर फैला दें। हुआ भी ऐसा ही। जब पिताजी दफ्तर से आए उस समय मुहल्ले-पड़ोस की चार-पाँच औरतों के अलावा चंपा ताईवाले ताऊजी और दादाजी के एक चचेरे भाई वहाँ मौजूद थे।

पिताजी ने आकर नोटिस पढ़ा। अम्माँ ठीक ही समझी थी। साफ लिखा था कि हफ्ते भर के अंदर मधुरा, जो उनकी ब्याहता है—इलाहाबाद आकर अपने दांपत्य जीवन के कर्तव्य निबाहे अथवा हमेशा के लिए संबंध विच्छेद स्वीकार करे।

सवाल यह था कि अब किया क्या जाए ? सभी कह रहे थे कि रमाकांत फूफाजी ने हद दर्जे की बेहूदगी की है। शाम तक मन्नू चाचा भी यूनिवर्सिटी से आ गए। उन्होंने सुना तो पारा एकदम हाई हो गया। चाचा ठहरे अपनी यूनिवर्सिटी के एथलीट। शरीर से मजबूत और डाइरेक्ट एक्शन में विश्वास रखनेवाले। उनका कहना था कि पहले जाकर उस वकील साले के दस जूते लगाए जाएँ तब आगे बात की जाए। कहीं मौका नहीं मिला तो यहीं नोटिस ठोंक दिया ? हम लोगों की इतनी हतक ?

क्या फूफाजी सचमुच इतने खराब हैं ? लगते तो नहीं थे ऐसे। सब बुआ को चिढ़ाते कि बुआ आई नहीं लखनऊ कि पीछे-पीछे फूफाजी की चिट्ठी आ धमकती है ! फिर हर दूसरे-तीसरे दिन एक लिफाफा। आखिर हारकर बुआ को अपने प्रोग्राम से पहले ही लौटना पड़ता ! सब कहते कि टाइम वाइम की कोई बात नहीं। बहुत ऊँचे दिमाग हैं उनके

इसलिए नहीं आते। बहरहाल ! चिट्ठियाँ तो अबकी भी आईं लेकिन बुआ ने ज्यादा लिफ्ट नहीं दी उन चिट्ठियों को। दादाजी की तबीयत उन दिनों बहुत खराब थी। बीच में तो एकदम चला-चलीवाली हालत हो गई थी। बुआ ने बहुत सेवा की दादाजी की। फिर वह खुद बीमार हो गईं। हफ्ता दस दिन खाँसी बुखार में पड़ी रहीं। इस बीच बड़ी बुआजी आई थीं दादाजी को देखने। बहुत आग्रह करके वह मधुरा बुआ को अपने साथ कानपुर लिवा ले गईं। बड़ी बुआ को हमेशा शिकायत रहती कि मधुरा शादी के बाद एक दिन भी उनके पास नहीं रही। कुल मिलाकर ऐसी स्थिति थी जब मधुरा बुआ कानपुर थीं और घर पर नोटिस था। सबसे पहले तो चाचा ने डाँट खाई अपनी नायाब सलाह के लिए। फिर उन्हें तुरंत कानपुर रवाना किया गया कि वह पहली बस से बुआ को लिवा कर लाएँ। मियाँ–बीवी का मामला है। वे आएँ और बताएँ कि असल बात क्या है ? वे क्या चाहती हैं और क्या नहीं। अम्माँ और पिताजी ने दादी को समझा दिया कि रोने–धोने की कोई बात नहीं। अगर ससुराल में कुछ गड़बड़ है तो भी कोई बात नहीं। हमारी लड़की—हमें भारी नहीं है। अगर कुछ ऊँच–नीच हुई है तो हम भी नहीं भेजेंगे अपनी लड़की को। इतनी सामर्थ्य है कि जिन्दगी–भर उसे निभा सकें। अरे, लाखों में एक है हमारी मधुरा—सुंदर, पढ़ी–लिखी, हर तरह से लायक…।

मुहल्ले-पड़ोस में तो खुसर–पुसर का वातावरण बन ही चुका था। किसी का ख्याल था जरूर मधुरा लड़कर आई है। चंपा ताई का ख्याल था कि ससुरालवाले मक्कार हैं। बिना बात शेखी झाड़ते हैं। लगता है वकालत–उकालत चलती नहीं लड़के की इसीलिए यह सब टंटा खड़ा किए हैं।

मैं सोच-सोच कर हैरान। जो हमारी मधुरा बुआ की संगत में चार दिन भी रह लिया वह उनसे अलग हो ही नहीं सकता। अस्वीकार करना तो दूर की बात है। मधुरा बुआ चारों ओर अपनी मधुर मुस्कान का, घुँघरू जैसी खनकती अपनी मीठी आवाज का जादू बिखेरती हैं कि पूरा वातावरण जैसे रोशनी से जगमग करने लगता है। महकने लगता है फूलों की बगिया की तरह। क्या फूफाजी इतने सर्द, इतने ठस्स हैं कि उन्हें

कुछ भी नहीं महसूसता ? पता नहीं मधुरा के भाग्य में क्या है—माँ कह रही थी।

दूसरे दिन बुआ दोपहर तक पहुँचीं। अपने उसी खुशनुमा अंदाज में—घंटियाँ सी बजातीं। अम्माँ-पिताजी और दादी ने भी चाचा को मना किया था बुआ को कुछ भी बताने के लिए। पता नहीं रास्ते में क्या हालत हो जाए बुआ की। कहीं बेहोश-उहोश न हो जाए। लेकिन लगता था कि चाचाजी के पेट में बात ज्यादा पची नहीं। जब ज्यादा पेट में दर्द होने लगा तो रास्ते में सबकुछ उगल दिया, ज्यों का त्यों ! बकौल चाचा के बस में भी बुआ की सहजता पूर्ववत् थी। चाचा ने आकर माँ के कान में फुसफुसाया कि "मधुरा के दिमाग पर ज्यादा ही बुरा असर हुआ है। इसीलिए बजाय दुखी होने के लगातार मुस्करा रही है। लगता है अपना दुख छिपाने का नाटक कर रही है यह...।"

"आप लोग बिना बात परेशान हैं। ऐसी कोई बात नहीं है भय्या।" मधुरा बुआ समझा रही थी सबको।

"नहीं मधु—ये नोटिस है। तू सच-सच बता क्या बात है। हम भी ऐसे गए-गुजरे नहीं हैं। दिमाग ठीक कर देंगे सबके।" पिताजी तैश में थे।

"नहीं भाभी—सच कहती हूँ। ऐसा कुछ नहीं है।" फिर माँ के कान में फुसफुसाकर बोली, "नाराज हैं मुझसे बहुत। दो हफ्ते हो गए। कोई चिट्ठी नहीं डाली न मैंने।"

"लेकिन यह अदालती नोटिस ? तलाक की धमकी..."

"अरे भाभी वकील हैं न ! बैठे-ठाले का शगल है। आप विश्वास मानो।"

"चलो हटो।" माँ सचमुच नाराज हो गई। "अच्छी है तुम लोगों की यह चोंचलेबाजी। यहाँ तो सबकी जान चली गई और इनकी चुहल न पूरी हो रही..." माँ ने झिड़का बुआ को।

"अरे, दुनिया जहान में बदनामी हो रही है..." दादी बुड़बुड़ा रही थीं।

बुआ ने कुछ नहीं सुना। चाचा को वहीं से आवाज दी कि वह

अगले दिन इलाहाबाद चलने की तैयारी कर रखे और खुद पल्ला सँभालते हुए घर से बाहर हो गई। उन्हें डाकखाने जाना था फूफाजी को फोन मिलाने के लिए। मैंने मन-ही-मन भगवान को धन्यवाद दिया। वही तो मैं कहूँ कि मधुरा बुआ से कोई नाराज कैसे हो सकता है।

पच्चीस–छब्बीस साल पुरानी घटना आज जैसे फिर ताजा हो आई है। कहीं लकड़पन की नादानी में सचमुच बात बिगड़ती चली जाती तो ? धूल का छोटा–सा बगूला परिवारों के आपसी अहम् के बीच टकराकर कहीं तूफान खड़ा कर देता तो ? लेकिन मधुरा बुआ का आत्मविश्वास, उनके स्नेह की मधुरता और आपसी रिश्तों की समझ, शायद हर तूफान के आगे भारी पड़ती। मधुरा बुआ और उनका भरा–पूरा परिवार आज लोगों के लिए एक आदर्श है, एक जीती–जागती हकीकत है लेकिन बुआ को तलाक के लिए मिला नोटिस भी उतनी ही हकीकत था। क्या था उस नोटिस में ? फूफाजी का गुस्सा या बुआ के लिए प्यार की पराकाष्ठा का इजहार, जो अपने उलट रूप में था। लेकिन कितना खतरनाक ! कितना गुमराह करनेवाला था यह प्रेमप्रदर्शन। पूरा मौका था कि एक बना–बनाया सुखी परिवार जरा–सी नादानी में बिखर जाता···

खाने की मेज पर जूठे प्याले–प्लेटें, गिलास वगैरह यूँ ही पड़े हैं। रश्मि अभी किचिन में है और काम समेट रही है।

मैं बेहद उलझन में हूँ। पच्चीस साल पहले हमारे घर में जो हुआ था बुआ के साथ वह एक सचाई थी। आज विभा जो कह रही है···शायद वह भी एक सचाई है। मेरा दिल न चाहते हुए भी उसे अस्वीकार नहीं कर पा रहा है, लेकिन फिर भी···विभा को संबंध तोड़ने में इतनी जल्दी नहीं करनी चाहिए थी। पता नहीं रश्मि कैसे सोच रही होगी। शायद वह विभा के पक्ष को सही ठहराए। विभा के बहाने वह मुझे भी ताना देगी, "अब हर कोई हमारी तरह थोड़े ही होता है जो घर-गृहस्थी के पीछे अपनी अच्छी–भली परमानेंट सर्विस छोड़ दे···" मैं उसकी बातों पर चुप हो जाता हूँ। बात बढ़ाने से क्या फायदा।

मधुरा बुआ की बेटी विभा यहाँ हॉस्टल में रहती है। यूनिवर्सिटी से इंजीनियरी का कोर्स कर रही है। मनीष गाजियाबाद की किसी विदेशी फर्म में है। अच्छा कमा रहा है। अखबार में वैवाहिक विज्ञापन के जरिए संबंधों की शुरुआत हुई। दोनों परिवारों के बीच चिट्ठियों का सिलसिला बहुत दिनों तक चलता रहा। घर-खानदान की जाँच-पड़ताल का काम भी पूरा हो गया।

अब रही लड़का-लड़की के एक-दूसरे को देखने-सुनने की बात···सो मधुरा बुआ ने मुझे लिखा था कि मैं विभा को अपने घर बुलवा लूँ। वहीं मनीष भी आ जाएगा। दोनों एक-दूसरे से मिल लेंगे···बातचीत हो जाएगी। हम लोग भी लड़के को देख लेंगे। बुआ चाहती है कि सगाई की रस्म जल्दी ही हो जाए।

आजकल का जमाना। हम लोगों का लड़का-लड़की के बीच क्या काम ? मनीष सीधा ही विभा के हॉस्टल पहुँच गया। पहली बार हॉस्टल के विजीटर्स रूम में दस-पंद्रह मिनट की मुलाकात। अगले हफ्ते फिर दोबारा कॉलेज में विभा की क्लासेज़ के बाद। अबकी कॉलेज कैंटीन में लगभग आधा घंटा बातचीत। यह सब खुद विभा ने आकर बताया था। मैंने पूछा, "विभा, यह बताओ हमारा काम कब शुरू होगा। मैं बुआ को क्या लिखूँ ?"

"भय्या, मनीष अबकी संडे फिर आ रहा है। वह मुझे फिल्म दिखाने ले जाएगा। फिर लंच क्वालिटी में। मैं उससे···"

"पहले बात पक्की हो जाने दे विभा। तुमने उससे सब बातें कर ली हैं न !" रश्मि ने टोका उसे।

"भाभी अभी तो बस गुडी-गुडी बातें हुई हैं। वैसे बाकी सब ठीक है। अच्छा है मनोष स्मार्ट है—वैल बिहैण्ड है···लेकिन···"

"लेकिन क्या···" इतना मिलने-जुलने और पसंद करने के बाद भी क्या कोई—लेकिन—बचता है···मैंने सोचा!

"नहीं···वैसे तो कोई खास बात नहीं। फिर भी एक बार खुलकर सारी बातें कर लेनी चाहिए···क्यों भाभी" विभा रश्मि से मुखातिब हुई।

मैं फिर आशंकित हुआ, "कुछ गड़बड़ तो नहीं की विभा उसने।

साफ-साफ बता। अरे, लड़के तो बहुत मिलेंगे।''

''अरे नहीं भय्या''...हँसी वह। ''ऐसा मिलना-जुलना तो बहुतों से होता है। इसमें कोई खास बात नहीं। लेकिन अब शादी के हिसाब से बात होनी चाहिए न ! पूरी जिंदगी का मामला है...''

विभा की बातें ! मैंने सोचा...जमाना कितना बदल गया है। बहरहाल, आज इतवार को हमने उसे खाने पर बुला लिया। इन बच्चों का क्या भरोसा ! थोड़ी देर को मिले। अच्छी-अच्छी बातें। थोड़ा ही ही-हा हा कोई सीरियस बात तो की नहीं होगी इन्होंने।

दोपहर ! मनीष और विभा दोनों हाजिर थे। खाना-पीना। हँसी-मजाक। ये सब तो चलता रहेगा। मैंने सोचा कि काम की बात हो जानी चाहिए।

''विभा ! क्या सोचा भई तुम लोगों ने। तुम्हारी मम्मी को क्या लिख भेजूँ मैं। वे फौरन तुम लोगों की सगाई करना चाहती हैं। मनीष...तुम्हारे मम्मी-डैडी भी यही चाहते हैं।''

विभा की हँसी रुक गई। मनीष कोई लतीफा सुना रहा था।

''भय्या, अभी क्या जल्दी है। क्यों मनीष ?'' उसकी ओर देखते हुए विभा बोली, ''बता देंगे कुछ दिनों बाद।''

''वाह विभा ! इतने दिनों से घूम-फिर रही हो, बेचारे मनीष रोज गाड़ी दौड़ाते हुए भागते हैं यहाँ। अब भी कुछ तय करना बचा है ?'' रश्मि हँसते हुए बोली।

''नहीं भाभी। कुछ बातों पर मनीष राजी नहीं हैं।''

''तो तुम राजी हो जाओ, उनकी बात पर।'' मैंने मजाक किया।

''मैं ! कैसे भाभी ? मनीष चाहते हैं कि मैं सर्विस न करूँ...तो क्या इंजीनियरिंग मैं रोटी पकाने के लिए पढ़ रही हूँ या घर का सामान ठीक तरह से लगाने के लिए...क्यों मनीष !'' किंचित् उत्तेजित होते-होते विभा फिर हँसने लगी उसकी ओर देखकर।

''कमाल है ! आजकल के लड़के तो माशा अल्लाह...और लड़कियाँ ! सुभान अल्लाह ? कहीं दबने के लिए तैयार नहीं।'' मैंने बात सँभाली, ''अरे ऐसे ही कह दिया होगा। भई लड़की का फर्ज है पहले

घरबार···बच्चे, फिर अपनी सर्विस···कैरियर।"

"जी भाई साहब···, यही तो मैं समझा रहा हूँ इतने दिनों से इसे।" मनीष बोला। आखिर उसे समर्थन तो मिला !

"घर-गृहस्थी तो ठीक है मनीष जी···क्या साथ में सर्विस नहीं की जा सकती। आखिर इंजीनियर वाइफ है आपकी···" रश्मि का कहना था। "और फिर ठीक है, कुछ दिनों बाद छोड़ देगी अगर···"

"भाभीजी नौकरी का चस्का लग जाता है तो फिर कोई नहीं छोड़ता···" मनीष तुरंत बोला।

"कम ऑन मनीष···यह कोई ऐसा शराब का चस्का है, जो लग गया तो फिर छूट ही न सके···" विभा अब भी लाइट मूड में थी।

"और फिर अगर मेरा ट्रांसफर हो गया–तो" मनीष ने एक और तर्क दिया।

"तो क्या···देखा जाएगा···"

"विभा–यू आर वेरी आब्स्टीनेट। बहुत जिद्दी हो तुम। एक बार–सिर्फ एक बार कह नहीं सकतीं कि हाँ, मैं सर्विस नहीं करूँगी···?"

"देखो भाभी···झूठ बोलना सिखा रहे हैं मनीष मुझे···" और फिर एक हँसी में विभा ने वातावरण को बोझिल होने से बचा लिया। हे भगवान, ये क्या तमाशा है। मैं दोनों को समझाना चाहता था···लेकिन दोनों नहीं समझना चाहते थे। कम-से-कम विभा को तो मान ही जाना चाहिए। इतना अच्छा रिश्ता···यूँ ही उसके अड़ियलपन के कारण हाथ से निकल जाएगा। अरे भाई लड़की है···दबना तो उसे पड़ेगा।

मनीष जब उत्तेजित होने लगा तो विभा चुप हो गई और मनीष की बातों को सिर्फ सुनती रही और मुस्कराती रही।

खाना हो गया···चाय हो गई···शाम होने को आई लेकिन लगता था कोई बात नहीं बनी। हम लोग तो अंदर कमरे में आकर बैठ गए थे। करने दो बातचीत उन्हें अकेले।

"अरे पाँच बज गए। विभा को अब जाना चाहिए।" मैंने सोचा और ड्राइंग रूम में आया।

विभा और मनीष उठ खड़े हुए। कुछ थके हुए, कुछ सकपकाए

हुए !

"क्यों क्या हुआ ? कुछ तय हुआ कि नहीं···"

"हाँ भय्या ! हम लोगों ने तय किया है कि हम लोग अच्छे दोस्त बने रहेंगे···बस ! फिलहाल अभी शादी-ब्याह की बात नहीं हो सकती···क्यों···" विभा मनीष की ओर देखते हुए बोली।

मनीष चुपचाप खड़ा था खिसियाया हुआ-सा।

"सो···ऑल द बेस्ट···" विभा ने हाथ बढ़ाया उसकी ओर···हाथ मिलाने के लिए। मनीष ने, मानो जबरदस्ती उसका हाथ खींचा जा रहा हो, उससे हाथ मिलाया। वह परेशान था और हम लोगों से नजरें नहीं मिला पा रहा था।

"चलो, तुम्हें छोड़ दूँ हॉस्टल तक···"

"ठीक···" अपने आपको सहज स्वाभाविक बनाते हुए कहा विभा ने···और दोनों चले गए।

मैं अभी भी कुछ कहने की स्थिति में नहीं हूँ।

वापसी

तड़के सवेरे घंटी बजी। आँख मलते हुए अदिति ने दरवाजा खोला। सामने डाकिया खड़ा था टेलीग्राम लिये हुए। दस्तखत कर टेलीग्राम लेकर भीतर आई। भइया का टेलीग्राम था। अम्माँ लखनऊ पहुँच रही थीं और स्टेशन जाकर उन्हें लेना था। तारीख देखी। यह क्या ? आज की ही तारीख ! जिस ट्रेन से अम्माँ को आना था वह सवेरे आठ बजे पहुँचती है। भला हो डाकिए का। समय से सूचना तो मिल गई।

सुबह का वक्त। ढेरों काम निबटाने। अम्माँ को लिवा लाने के लिए राजीव से कहना फिजूल था। वो नौ बजे निकल जाते हैं आफिस के लिए। फिर आजकल ऑडिट का काम चल रहा है उनके यहाँ, इसीलिए जल्दी जाना पड़ता है। उसे ही छुट्टी लेकर स्टेशन जाना पड़ेगा।

जल्दी-जल्दी नाश्ता बनाया। राजीव का लंच बॉक्स तैयार किया। अलका का टिफिन रखा। आठ बजे का मतलब है कि उसे घर से साढ़े सात तक निकल जाना चाहिए। इस बीच सब लोग उठ चुके थे और सुबह के अपने कामों में लग गए थे। अदिति ने टेलीग्राम के बारे में बता दिया और घोषणा कर दी कि उसे भी जल्दी घर से निकलना है। अम्माँ अकेली आ रही हैं इसलिए समय से स्टेशन पहुँचना जरूरी है। अलका बोली, "देखा पापा, मम्मी ने इस बहाने आज छुट्टी तो ली। वर्ना छुट्टी लेने के नाम पर तो मम्मी का मूड ऑफ हो जाता है।"

"अच्छा ! इसका मतलब कि तू अपने घर-बारवाली हो जाए और हम तेरे घर आएँ तो हमें घर बंद मिलेगा ?"

"नहीं मम्मीजी ! आप मेरे पास पधारेंगी तो मैं पलक पाँवड़े

बिछाकर आपना स्वागत करूँगी। हर वक्त आपकी सेवा में तत्पर रहूँगी।'' शरारत से मुस्कराते हुए अलका नाटकीय अंदाज में बोली।

''रहने दो। ज्यादा डायलॉग मत बोल। देख रहे हो इस लड़की को। बहुत बात बनाने लगी है।'' अदिति ने राजीव को इंगित किया जो अखबार में मुँह छिपाए हुए था।

''तुम माँ-बेटी के बीच का मामला है। मुझे क्यों खींच रही हो।'' बिना एक इंच अखबार खिसकाए राजीव ने जवाब दे दिया।

''अच्छा डायलॉग बंद। प्यारी मम्मी, आप चाहें तो मैं आपके साथ स्टेशन चल सकती हूँ। आज मेरी क्लास देर से होंगी।''

नेकी और पूछ-पूछ ! सारा काम निबटाकर जल्दी-जल्दी निकले तो साढ़े सात से ऊपर हो चुके थे। मुख्य स्टेशन तक पहुँचने में देर लगती। अलका ने सुझाया कि सिटी स्टेशन पर देख लेते हैं। वह नजदीक है। वहाँ भी दस मिनट गाड़ी रुकती है। सुझाव ठीक था। सिटी स्टेशन समय से पहुँच गए। पूरी ट्रेन के दो चक्कर काट लिए। अम्माँ कहीं न दिखीं। सोचा कि भइया ने किसी जान-पहचानवाले जिम्मेदार आदमी के साथ ही भेजा होगा अम्माँ को। वे भी तो आ़खिर हमें पहचानेंगे। बहरहाल दौड़-दौड़कर तीसरा चक्कर भी काट लिया लेकिन कोई फायदा न हुआ ?

अब अदिति परेशान हो गई। क्या किया जाए ? ऐसे मौकों पर उसके हाथ-पैर फूल जाते हैं। जल्दी घबड़ा जाती है वह लेकिन अलका बहुत संतुलित और हिम्मतवाली है। उसने अपनी माँ का हाथ पकड़ा और तेजी से वे लोग स्टेशन से बाहर निकले। तुरंत थ्री व्हीलर लिया और जल्दी चारबाग स्टेशन पहुँचने का निर्देश दिया। थ्री व्हीलर स्कूटर ने समय से उन्हें रेलवे स्टेशन पर पहुँचा दिया। अलका लगातार समझा रही थी।

''आप इतना क्यों घबड़ा रही हैं मम्मी।''

''अलका, मुझे लगता है कि तुम्हारे मामा को खुद आना चाहिए था नानी के साथ। एक तो उनकी उम्र बहुत हो गई है। दूसरे, वह बीमार हैं। सफर का उन्हें ज्यादा अनुभव भी नहीं है।''

''मम्मी आप भी कमाल करती हैं। मामा खुद नहीं आए तो जरूर

कोई जान-पहचान का जिम्मेदार आदमी साथ भेजा होगा, जो नानी को सँभाल सके। खासा-लंबा सफर है नानी के लिए। कभी पानी पीना है या कुछ खाना है या टायलेट जाना है···उन्हें मदद की जरूरत होगी। हो सकता है, अपने ऑफिस के किसी आदमी को साथ भेज दिया हो। कोई दोस्त आ रहा हो। दोस्त का परिवार हो।"

दरअसल पिछले कुछ दिनों से अम्माँ बीमार चल रही थीं। कभी-कभार भइया की चिट्ठी आती तो हाल मालूम हो जाते। कुछ दिन पहले भइया ने लिखा था कि उन्हें एक साल के लिए विदेश जाना है। वे सपरिवार जाना चाहते हैं लेकिन अम्माँ की समस्या है। फिर लिखा कि अम्माँ कुछ दिनों के लिए अदिति के पास रहना चाहती हैं।

अदिति को ताज्जुब हुआ। भइया का घर छोड़कर उसके पास ? लेकिन अब मजबूरी थी शायद ! भइया तो हमेशा अम्माँ के लाड़ले रहे। ऐसे कि वह कुछ भी कर आएँ और उनके सौ खून माफ। बेहद पक्षपात करती थीं अम्माँ उन दोनों के बीच। भइया ने अपनी बिरादरी से बाहर लड़की पसंद कर ली और ऐलान कर दिया कि वह शादी कर रहे हैं। अम्माँ के ऊपर कोई प्रतिक्रिया नहीं हुई। बल्कि वे बेहद खुश। "चलो, बहू सँभाल लेगी अब किशोर को" उन्होंने सोचा होगा। ईमानदारी की बात तो यह थी कि किशोर भइया को अपनी बिरादरी में रिश्ता मुश्किल से ही मिलता। बकौल अम्माँ के, भइया के दुश्मन आए दिन उन्हें झंझटों में फँसाते रहते थे। इसीलिए एक बार गर्ल्स कॉलेज के सामने लड़की छेड़ने के आरोप में पुलिस उन्हें पकड़कर ले गई थी। एक बार अपने दोस्त की दुकान में जुआ खेलते हुए उन्हें पकड़ा गया था। पढ़ाई-लिखाई भी उनके लिए सिर्फ रस्म अदायगी थी।

इसके बावजूद जब रात-बिरात भइया आते तो अम्माँ खुद उठतीं। कभी-कभी अपनी पढ़ाई के बीच से उसे भी उठना पड़ता, खाना गर्म करने के लिए। कभी-कभी उसे लगता कि इसके बावजूद उसका अपनी परीक्षा में फर्स्ट आना अम्माँ को अच्छा नहीं लगता था हालाँकि कभी अपने मुँह से उन्होंने कुछ नहीं कहा। लेकिन भइया का ठेलठाल कर सिर्फ पास होना उनके लिए बड़ी बात होती। उसे याद नहीं पड़ता कि

कभी उसका रिजल्ट आने पर अम्माँ ने मिठाई बाँटी हो। भइया हाईस्कूल में मामूली सेकिंड डिवीजन में पास हुए तो पूरे मुहल्ले में लड्डू बाँटे गए।

अम्माँ को मालूम था कि भइया जिस लड़की से शादी करना चाहते हैं, उसका खानदान चाहे उन्नीस क्यों न हो, लेकिन उसके पिता एक बड़े सरकारी अफसर हैं। खूब पैसा कमाया है उन्होंने। वे आसानी से भइया की नौकरी लगवा देंगे। इस शादी की अम्माँ ने जोरदार तैयारी की। दिल खोलकर भाभी का स्वागत किया। अपने सभी गहने तुड़वाकर भाभी के लिए नए बनवा दिए। बड़े घर की बेटी थी उनकी बहू। अम्माँ जितना भी करतीं वह कम था।

दबी जबान कुछ निकट संबंधियों ने कहा भी कि जितनी हैसियत हो, उतना ही खर्च करना चाहिए। पिताजी की मृत्यु के बाद पेंशन के रूप में मिलता ही क्या था ? उस पर दो जनों की पढ़ाई। तब अम्माँ ने कहा था कि सब अपने भाग्य को लेकर आते हैं। अम्माँ ने एक बार भी उसका जिक्र नहीं किया। पिताजी जो कुछ जमा-पूँजी छोड़ गए थे उसमें जितना हिस्सा भइया का था, वह भी उतने की हकदार थी।

लेकिन, हमेशा की चुप रहनेवाली अदिति एक मौके पर चुप नहीं रही थी। उसे जिंदगी का एक अहम फैसला लेना था। अब वह पढ़ी-लिखी थी। योग्य थी। नौकरी कर रही थी। स्वयम् आत्मनिर्भर थी और अम्माँ की देखभाल भी कर रही थी। भइया अपनी नौकरी के सिलसिले में दिल्ली चले गए थे। यूँ भी उनकी बदली यहाँ से वहाँ होती रहती थी। अदिति ने राजीव से शादी करने का फैसला किया था।

अम्माँ ने उस दिन घर में महाभारत खड़ा कर दिया था। जात-पात का बंधन भइया तोड़ सकते थे और तब अम्माँ की पूरी सहमति थी। वह अपनी पसंद से शादी करके खानदान का नाम डुबा रही थी क्योंकि राजीव के घरवाले मामूली हैसियत के लोग थे।

अम्माँ नाराज होकर भइया के पास चली गईं। राजीव ने तो अम्माँ को बहुत रोका था। विनती की थी कि आप जैसे अदिति की माँ हैं, वैसे ही मेरी भी माँ के समान हैं। अब तक अदिति अकेली आपकी सेवा

कर रही थी, अब हम दोनों मिलकर सेवा करेंगे।

अम्माँ की चिट्ठियाँ अक्सर आती रहतीं। भइया और भाभी और बच्चों के किस्से होते। उनकी संपन्नता का जिक्र होता। वे सब उनका कितना ख्याल रखते हैं इसका वर्णन होता। उसे तसल्ली होती। चलो, अम्माँ सुखी हैं, संतुष्ट हैं। यही अभीष्ट है...

"मम्मी, किन ख्यालों में खो गईं आप। देखिए, गाड़ी लगभग खाली हो गई। नानीजी तो दिखी नहीं।"

सचमुच, ज्यादातर पैसेंजर उतरकर आगे बढ़ चुके थे। कुछेक रह गए थे जिन्हें या तो कुली नहीं मिला था या वे अपने परिचितों की राह देख रहे थे।

"अलका, देख तो ठीक से। तुम्हारी बुढ्ढी नानी रह कहाँ गई ?"

"आज ही तार मिला है, इसीलिए नानी आई तो जरूर हैं। चलिए, हर डिब्बे में अंदर जाकर देखते हैं।"

उसके बाद हर डिब्बे में गहन खोज शुरू हुई। वह पास के डिब्बे में थी कि अलका की आवाज सुनाई दी। "मम्मी...देखिए नानीजी ! कैसी हालत में हैं !" हालत ! क्या हुआ ? क्यों चीख रही है अलका ? बदहवास-सी अदिति दौड़ गई उस ओर।

बिना आरक्षणवाला वह सामान्य डिब्बा था जिसमें किशोर भइया ने अम्माँ को चढ़ा दिया था। पास के मुसाफिरों से कह दिया होगा कि जरा देखभाल करते रहें। जब अपना सगा बेटा बेगाना हो जाए तो अनजान मुसाफिर को क्या पड़ी थी। अम्माँ नीचे बर्थ के एक कोने में हाथ बाँधे उकड़ूँ बैठी अर्ध-विक्षिप्त सी लग रही थीं। रिजर्वेशन था नहीं। शायद जिस स्थिति में उन्हें बिठाया होगा, बारह घंटे का सफर उकड़ूँ बैठे उसी अवस्था में काट दिया था। सफर के दौरान टट्टी-पेशाब की जरूरत भी हुई होगी। बुढ़ापे का शरीर और भीड़ के बीच सफर की अनुभवहीनता, समझ में न आया होगा कि हाजत के लिए कहाँ जाए और कैसे जाए ? अकेलेपन की घबड़ाहट और कमजोरी के कारण किसी से कुछ भी न कह सकी होंगी। उनके सारे कपड़े खराब हो गए थे। बदबू आ रही थी पास से। अपनी बेबसी और शर्म की वजह से अजीब

पगलाई सी मूर्तिवत् हो बैठी थीं। सीट गंदी होने और बदबू की वजह से पास बैठे लोगों की प्रताड़ना सुनकर और जड़ हो गई थीं वह।

उन्हें बहुत समय लगा अदिति और अलका को पहचानने में। फटी-फटी आँखों से देख रही थीं वह। अदिति ने जोर-जोर से "अम्माँ-अम्माँ" कहते हुए हिलाया और ऊपर उठाना चाहा तो बड़ी मुश्किल से उनकी आँखों में हरकत हुई और अंततः फूट-फूटकर रोने लगीं। अम्माँ उठतीं तो कैसे ? उनके कपड़े गंदगी में सने हुए थे।

रेल के डिब्बे के टॉयलेट में ले जाकर अदिति और अलका ने मिलकर उन्हें धुलाया और साफ किया। सामान के नाम पर एक बैग था जिसमें दो जोड़ी कपड़े थे। साफ कपड़े पहनाकर किसी तरह से उन्हें घर ले आए।

शर्म, बेबसी और संकोच के भार से दबी अम्माँ को सामान्य होने में वक्त लगा। अदिति यूँ बन गई जैसे कुछ खास हुआ ही न हो। अम्माँ फिर से नहाई-धोईं। उन्होंने पूजा की। अपनी पुरानी आदत के मुताबिक आशीष के फूल अदिति और अलका के सिर पर रखे। अदिति ने जल्दी-जल्दी अम्माँ के लिए खाना बनाया। वह कल से भूखी थीं।

थकी-माँदी बीमार अम्माँ बिस्तर में पड़ी थीं। उनकी आँख लग गई थी। अम्माँ को देखकर अदिति को अब रोना आ रहा था। अम्माँ के लाड़ले बेटे ने उनकी क्या दुर्गत की थी। लावारिस गठरी की तरह लाद दिया था ट्रेन में। अम्माँ को अगर वह न ढूँढ़ पाते और लौट जाते तो अम्माँ की क्या गत होती···यह सोचकर अदिति का रोना और बढ़ रहा था। पागल जैसी वह तो अपना नाम और पता बताने की स्थिति में भी नहीं थीं।

उसने निश्चय किया कि अम्माँ अब उसके पास ही रहेंगी। वापस भइया के पास दुर्गत कराने नहीं जाने देगी। उसे मालूम था कि राजीव का दिल बहुत बड़ा है। वे भी उसका साथ देंगे। उसने एक नजर अम्माँ की ओर डाली। एक भीड़ में बिछुड़ गया बच्चा जो भटकता हुआ किसी तरह वापस घर पहुँच गया हो ऐसे ही निश्चिंत होकर अम्माँ बिस्तर पर पड़ी अब गहरी नींद में थीं।

औरत और औरत

बहुत बड़े घेरे में फैली चारदीवारी, ऊँचे-ऊँचे कंगूरे—उन सबको पार करती हुई वह आवाज़ उस तक पहुँचती थी। जब रात हो जाती, अँधेरा चारों ओर अपनी चादर फैला देता, उस समय सन्नाटे का कलेजा चीरती और उसके दिल को रौशन करती वह आवाज़ हवा के साथ उसके भीतर उतर जाती। उमड़े समुंदर का शोर तूफान बन जाता। ज्यों-ज्यों रात गहराती जाती—चाँद अपने पूरे शबाब पर आता त्यों-त्यों उसके भीतर उठती हुई लहरें उसकी जानलेवा दुश्मन हो जातीं। ज्वार-भाटा लेकर आई चाँदनी एक दीवार बन जाती उसके और उस आवाज़ के बीच जो उसे लगातार अपनी ओर बुलाती थी, उसे अपनी ओर खींचती थी। वह दुआ माँगती और रात के अँधेरे की मुंतजर होती। इस अँधेरे में उड़ते हुए सन्नाटे की पीठ पर सवार होकर उन गीतों के सुर उस तक पहुँचते थे, जो अब उसके दिल की धड़कन बन चुके थे। कौन था वह जो उसकी आँखों के अश्क पीना चाहता था ? कौन था वह जो उसकी भटकती हुई लटों में उलझकर अपनी मंजिल पाना चाहता था ? कौन था वह जो उसकी बाँहों के घेरे में कैद होकर अपनी जान उसके हवाले करने के इंतजार में अपनी साँसों को सँजोए हुए था।

वह मजबूर—एक ऊँची मीनार की चोटी में कैद थी। झरोखे से वह नीचे देखती और उसका दिल काँप जाता। चारों ओर पहरा था। पर्त-दर-पर्त पहरा। वह मीनार, उसकी मजबूत दीवारें, वह परकोटा, वे हथियारबंद लोग जो कहीं नहीं दीखते थे, लेकिन वे सब ओर थे। वे दरवाज़ों पर थे—दरवाज़ों के मरगोलों पर थे—खिड़की के दरीचों में थे—ऊँचे कंगूरों पर थे—यानि वे सब ओर फैले थे और अलग-अलग

शक्लों में उसे घेरे हुए थे। बाप का हुक्म, भाई की देख-रेख, माँ के आँसू, रिश्ते-नाते, कुनबा-बिरादरी, इज्जत-आबरू…सबसे विकट पहरेदार उसके पैरों की पाजेब थी, जो जंजीर की तरह उसके पैरों में पड़ी थी। उसकी माँ कहती थी कि पाजेब तो जन्म से ही पैरों में होती है। जब कहीं कोई औरत होती है तो उसके पैरों में हमेशा एक बेड़ी होती है। चाहे नाजुक-सी रुन-झुन पाजेब हो, छन्-छन् छमकनेवाली या बढ़ते-बढ़ते झन्-झन् बेड़ी हो जो पाँव पकड़ती है, आगे बढ़ने से रोकती है, चाल पर पाबंदी लगा देती है और कदमों का दौड़ना बंद कर देती है।

उसकी माँ के पैरों में भी ऐसी ही एक भारी पाजेब थी। उसकी माँ ने कभी इस पर तकलीफ महसूस नहीं की। माँ जब हौले-हौले कदम रखती हुई चलती तो चारों ओर छन-छन आवाज गूँजने लगती। शायद उसकी माँ को उस आवाज़ से प्यार हो गया था। वह छन्-छन् उसकी सहेली बन चुकी थी।…लेकिन खुद वह ? वह अपने पैरों के बंधन तोड़ना चाहती थी। उसके रहते वह दौड़ नहीं सकती थी जबकि वह दौड़कर वहाँ से बाहर निकलना चाहती थी। नीले आसमान के नीचे, खुली हवा में साँस लेना चाहती थी। वह बाहर निकलकर उस आवाज़ तक पहुँचना चाहती थी जिसके सुरों में उसी का नाम गूँजता था। उन बाँहों में समा जाना चाहती थी जो समुंदर की मौजों की तरह उसे अपने आप में लपेट लेना चाहती थीं।

और…एक दिन…उसने अपने बंधन तोड़ फेंके। सारे पहरों के घेरे तहस-नहस कर दिए और नीचे का रुख किया। वह मीनार से गोल-गोल नीचे उतरती गई-उतरती गई। उसके पिता—उसके भाई—उनके अनगिनत पहरेदार—खौफनाक आँखें लिए उसकी ओर दौड़े—उसे पकड़ लिया और खींच ले चले। लेकिन उसमें बला की कुवत आ गई। उसकी रूह में कोई आसमानी ताकत समा गई थी कि सबको पीछे झटककर वह भाग चली। ऊँचा परकोटा—कंगूरे लाँघती वह भागती गई—भागती गई और आखिर में पहुँच गई वहाँ, जहाँ वह मुहब्बत के गीत फिजाँ में तैर रहे थे।

उसकी माँ उसे देखकर रोती रही, आँसू बहाती रही। माँ जानती थी कि हमेशा से ऐसा होता आया है और ऐसा ही होता रहेगा। एक महल से दूसरा महल—एक परकोटे से दूसरा परकोटा—एक मीनार से

दूसरी मीनार—एक पहरे से दूसरा पहरा—सब ऐसा ही चलता आया है और ऐसा ही चलता रहेगा। उसकी माँ जानती थी कि जब एक वजूद औरत की शक्ल में आता है तो उसके पैरों में खुद-ब-खुद एक बेड़ी पड़ जाती है। जब एक नई औरत पैदा होती है तो उसका आँचल खुद-ब-खुद आँसुओं का खजाना बन जाता है। उसकी माँ आँचल फैलाए उसके लिए आँसू बहाती रही और दुआ माँगती रही।

उधर…वे दोनों यूँ मिल गए जैसे जमीन और आसमान एक हो गए हों। वह उसे अपने महल में ले गया। एक खूबसूरत महल। चारों ओर बड़ा-सा परकोटा। ऊँची मेहराबें—नक्काशीदार गुंबद। बड़े-बड़े कमरे। आँखें चकाचौंध हो जाएँ, ऐसी सजावट। मुनक्कश दीवारें। जगमग झिलमिलाते झाड़-फानूस। उसका संगमरमरी बदन सोने के सितारों जड़ी रेशमी पोशाकों से सजाया गया। उसका अंग-अंग कीमती, जड़ाऊ गहनों से लद गया। गले में चन्द्रहार, माथे पे टीका, सर पे झूमर, कानों में झुमके, बाजू में जड़ाऊ बाजूबंद, हाथों में दस्तबंद और—पैरों में सोने की भारी छागल। वह चौंकी। फिर वही बेड़ी ? वही बंधन ? उसके होंठ फड़कने लगे। चेहरा मुरझाने लगा। तभी उसके सरताज ने उसके होंठों पर एक खूबसूरत फूल रख दिया और उसका मुँह बंद कर दिया—कैसी बेड़ी ? कैसा बंधन ? ये जेवरात उसकी चाहत का सबूत हैं। ये महल—ये बाग, ये ऐश—ये आराम—सब उसके लिए है। वह उससे बेपनाह मुहब्बत करता है। दुनिया जहान की दौलत समेटकर वह उसके कदमों पर डाल देगा। आसमान से जन्नत उतारकर वह उसके लिए इस जमीन पर ले आएगा…और फिर, वह सबकुछ भूल गई। वह डूब गई उसकी आँखों के समुंदर में। वह खो गई उसके गीतों की घनी वादियों में। उसने होश गँवा दिए उसके वायदों से महकती खुशबुओं के जंगल में। उसका महबूब—उसका मालिक है। उसे चाहे जैसे रखे। जिस हाल में रखे। उसे अब कुछ नहीं चाहिए…और उसने अपना सबकुछ, अपना तन, मन, अपनी आत्मा, उसे सौंप दिए।

लेकिन—वक्त भी अजीब होता है। पल-पल लाँघता वक्त का पहिया आगे बढ़ता ही रहता है। जो कल था वह आज नहीं। जो आज है वह कल नहीं रहेगा। धीरे-धीरे मुलाकातों का सिलसिला कम होने

लगा। गीतों का सिलसिला बंद होने लगा। अब वह सारा दिन इंतज़ार करती रहती लेकिन महबूब की शक्ल देखना मयस्सर न होता। अपने मालिक की आवाज़ सुनने के लिए वह तरस जाती। जब कभी वह आता तो उसे अपने आक़ा से ढेर सारी बातें कहनी होतीं। अनगिनत शिकायतें होतीं। वह हँस देता, "पगली, सारी जिंदगी फूलों की वादियों में उड़ते हुए या गीतों के समुन्दर में बहते हुए कैसे बिताई जा सकती है। ढेरों काम हैं। लंबा-चौड़ा कारोबार है। हँसी नहीं—इतना कुछ सँभालना। यह चाँदी सा चमकता महल। ये सोने जैसा सुनहरा रेशमी लिबास। ये जगमगाते कीमती गहने। इसी की बदौलत तो यह सब ऐशो-आराम है।" वह चुप हो जाती। मुलाकात की घड़ियाँ अब इस कदर सिमट गई थीं कि गिले-शिकवों के लिए कोई गुंजाइश ही नहीं रही।

यकायक उसने पाया कि उसका महल ऊँचा और ऊँचा उठता जा रहा है। चारों ओर से सिमटता हुआ वह पास आ रहा है लेकिन ऊँचाई में ऊपर उठ रहा है। आसमान की ओर उठता हुआ उसका महल अब ऊँची मीनार की शक्ल ले चुका था और वह उसकी चोटी पर पहुँच गई थी। उस ऊँचाई पर बैठे हुए उसे गरजते-हरहराते समुंदर का शोर सुनाई देता। मीनार से टकराती, सर पटकती लहरें...लहरों का बेतरह शोर। वह हैरान थी...और एक दिन उसे लगा कि समुंदर नीचे नहीं, बल्कि उसके दिल में ही कहीं पसर गया है। उसके भीतर ही कहीं समुंदर गरज रहा है—लहरें उछाल रहा है—किनारों को हिला रहा है।

वह बेहद परेशान हो उठी। मुद्दतों बाद जब उसके ऊपर मालिक की मेहरबानी हुई—अपने सरताज से उसकी मुलाकात हुई तो वह रोने लगी और अपना दामन आँसुओं से भरने लगी। उसका महल ऊँची सँकरी मीनार में बदल गया था। उसका दम घुटता था वहाँ। वह मीनार की चोटी में बंद हो गई थी। उसका महबूब हँस दिया—ऊँचाई तो तरक्की की निशानी है। अब वह बेशुमार दौलत का मालिक है। सात समुंदर पार से उसकी तिज़ारत है। समुंदर की छाती चीरते हुए उसके जहाज़ दूर-दूर तक जाते हैं और अकूत दौलत भर कर लाते हैं। इसीलिए उसके महल लगातार ऊपर उठ रहे हैं, मीनारों की शक्ल में आसमान चूम रहे

हैं। खुदा करे और बरकत हो। मीनारें ऊपर उठती रहें—आबाद होती रहें। मीनारों के भीतर पायलें बजती रहें—छनकती रहें।

उसने घबड़ाकर झरोखे से देखा। सचमुच उस परकोटे के भीतर एक नहीं, अनेक मीनारें खड़ी थीं। बुलंद-जगमगाती-पहरों से घिरी मीनारें। वह काँप उठी और रोने लगी। उसका मालिक हँसता-खिलखिलाता हुआ चला गया।

उसने गौर किया कि मीनार की ऊँचाई के साथ-साथ उसके पैर की पाजेब भी बहुत भारी हो गई थी—बिल्कुल बेड़ीनुमा, सुनहरी, जड़ाऊ बेड़ी जैसी उसकी माँ के पैरों में हुआ करती थी। वह तड़प उठी। एक बार पहले भी वह मीनार छोड़कर भागी थी। पहले भी वह अपनी बेड़ियाँ तोड़ चुकी थी। आज फिर वही बंधन ! वह बर्दाश्त नहीं करेगी। अपनी आजादी के लिए वह एक बार फिर कोशिश करेगी और सचमुच, अपने बंधन, अपने पहरे तोड़ उसने कैद से निकल भागने की कोशिश की। पहरेदारों को झटका देकर नीचे धरती पर आने की, खुली हवा में साँस लेने के लिए बाहर आने की कोशिश की। वह पूरे जोर से भागी लेकिन अफसोस ! उसके पैर अब पहले जैसे मजबूत नहीं रह गए थे। उनमें अब पहले जैसी ताकत नहीं थी। इसके बावजूद उसने कोशिश की। गिरती-पड़ती, ठोकर खाती हुई वह भागी।

तभी उसका मालिक पैर पटकता हुआ वहाँ आ धमका। वह उसे पहचान न पाई। कैसे पहचानती ? वह तो उसे मुहब्बत का फरिश्ता समझती थी, जो उसकी आरजू के गीत गाया करता था—उसका रोयाँ-रोयाँ फूलों से सजाया करता था ! वह जो अब सामने था त्योरियाँ चढ़ाए—आँखें निकाले अपनी फौज के साथ, वह उसे कैद करने का हुक्म दे रहा था। वह उसे सिर्फ एक औरत के रूप में, एक बाग़ी औरत के रूप में पहचान रहा था। उसका देवता जिससे एक पल की मुलाकात के बदले सैकड़ों गिले-शिकवे वह कपूर की तरह उड़ा देती थी, वह उसे अँधेरी कोठरी में कैद करने की सज़ा सुना रहा था। उसकी चाहत का यह भी एक अंदाज़ हो सकता है, यह उसने कभी नहीं सोचा था। सारी जिंदगी उस तन्हा कोठरी में कैद होकर गुज़ारने की सज़ा उसके महबूब ने उसे दी थी।

यूँ सुबह से शाम और शाम से सुबह। एक दिन से दूसरा और दूसरे से तीसरा। वक्त अपने कदमों की आहट छोड़े बगैर गुज़रता रहा...आगे बढ़ता रहा। उसकी मुहब्बत—उसकी दीवानगी—गुज़रे ज़माने की बातें, एक हसीन ख्वाब बनकर रह गईं।

कभी-कभी मुद्दतों बाद—रात के अँधेरे में एक आहट होती थी। चर्र-मर्र दरवाज़ा खुलता था। बेड़ियाँ झनझनाती थीं। कोई उसके पास होता, उसके बिल्कुल करीब। वह उसे नोचता, झंझोड़ता। मनचाहा सलूक करता। वह चुप रहती। वह जानती थी कि उसके करीब कौन है। वह पहचानती थी कि किसकी साँसें उसकी साँसों से उलझ रही हैं। किसके जिस्म की खुशबू उसके जिस्म से टकरा रही है। या खुदा ! यह सब क्या यह जानने के लिए है कि वह अभी जिंदा है ! उसकी रूह अभी मरी नहीं है ! उसकी आँखों से आँसू बहते रहते। उसके ये आँसू, उसके दिल की धड़कन—यही अब उसकी तन्हा जिंदगी के साथी थे।

एक दिन बहुत अजीब बात हुई। उसने क्या देखा कि एक दूसरी औरत उसके पास से निकलकर जा रही है। वह पहचान गई। यह वो औरत थी जो उसके भीतर से निकली थी। उसकी रूह से पैदा हुई और उसके साये में बढ़ी थी। लेकिन इतने दिनों कहाँ रही थी वह ? कहाँ गुम हो गई थी ? कहाँ छिप गई थी ? वही औरत अचानक ऊँची मीनार की गोल चक्करदार सीढ़ियाँ उतर कर नीचे आई और उसने देखा कि अब वह उसके अँधेरे, सर्द कमरे के बाहर खड़ी थी। उसने देखा कि उसके भीतर से निकली हुई वह औरत उसके बराबर—नहीं, उससे कहीं ऊँचे कद की थी। उसके सुर्ख चेहरे पर फैली सुनहरी चमक को देखकर वह समझ गई कि सूरज की पहली किरण के साथ ही यह भी उतर कर नीचे आई है। उसे कहीं जाने के लिए तैयार देखकर उसका दिल धड़क उठा और वह चुप न रह सकी।

"कहाँ जा रही है तू ? क्या तूने परकोटे की ऊँची दीवारें नहीं देखीं ? क्या तूने वह बुलंद दरवाज़ा नहीं देखा, जहाँ अनगिनत पहरेदार

हैं ? क्या तू नहीं जानती कि तेरे पैरों में बेड़ी पड़ी है और तू ज्यादा दौड़ नहीं सकेगी ? आज अगर तू किसी तरह से भाग भी गई तो तुझे फिर इसी मीनार में आना होगा। ऐसी ही किसी मीनार में तू जगह पाएगी। पैरों की इन बेड़ियों के साथ कहाँ तक भागेगी—तू कब तक भागेगी—कहाँ जाएगी ?''

वह कद्दावर औरत। गजब का आत्मविश्वास था उसमें। खून की गरमाई से उसके गाल सुर्ख हो रहे थे। आँखें चमक रही थीं। वह बोली, ''मैं उससे मिलने जा रही हूँ। वह मेरा इंतज़ार कर रहा है, मेरी राह तक रहा है। रोज हवा के झोंके मुझे उसका पैगाम देते हैं। उगते सूरज की पहली किरणें मुझे उसका हाल बता जाती हैं। मैं जा रही हूँ...''

उसने कोठरी की खिड़की की सलाखों पर अपना सिर टिका दिया और एक आह भरी। कभी ऐसे ही वह भी सारे बंधन तोड़कर भागी थी। उसके महबूब के मुहब्बत के गीत उसे बुलाते थे। वह भी उससे मिलने के लिए कभी ऐसे ही तड़पी थी और आज वह यहाँ पहुँचा दी गई...वह बोल उठी, ''तू भी औरत है। मेरे ही साये से पैदा हुई औरत ! मैं जानती हूँ कि हर औरत मुहब्बत करती है। यह मुहब्बत ही औरत की जिंदगी है। अपनी जिंदगी के लिए औरत बड़ी से बड़ी ताकत से टक्कर लेती है, लेकिन आखिर में उसे क्या मिलता है ? वही आँसू, वही आहें। वही बेड़ी, वही बंधन। यही हमेशा से होता आया है और यही हमेशा होता रहेगा। तू इससे बच न सकेगी।''

उस औरत ने लापरवाह अंदाज़ में यह सब सुना और मुस्करा दी। क़यामत की मुस्कराहट थी उसकी मानो बिजली सी चमक उठी हो। और फिर ? उसने क्या किया ? वह उसके सामने नाचने लगी। सवेरे की खुशनुमा हवा में झूमते फूलों की तरह वह थिरकने लगी और बोल उठी, ''देख लिया तूने ! मेरे पैरों में कोई पाजेब नहीं। कोई रुन-झुन बेड़ी-जंजीर नहीं। मेरे हाथ देख। इनमें भी कोई जड़ाऊ बंद नहीं। मैं आज़ाद होकर आई हूँ। मेरी आँखों में किसी ने जन्नत के सपने नहीं सजाए हैं। सात समुंदर पार की दौलत के वायदे मुझसे किसी ने नहीं किए हैं। मेरी मुहब्बत इसी दुनिया की है। इस जमीन पर पैदा होनेवाली फसल की तरह बढ़ी

है। इस धरती पर फैली हरी मखमल—यहाँ की मिट्टी की सोंधी महक—ये पहाड़ों की ऊँचाइयाँ—ये झरनों की हँसी—ये ही हमारी जन्नत है।''

अँधेरे, सर्द कमरे में कैद वह औरत बहुत हैरत से उसकी बातें सुन रही थी। उससे चुप न रहा गया, ''मैं तुझसे फिर कहती हूँ। उसे आज तेरी आरजू है। वह तुझे दिल में बसाएगा। दुनिया का ऐशो-आराम तेरे कदमों पर निछावर करेगा। तुझे मुहब्बत के गीत सुनाएगा, लेकिन कल ? फिर वह तुझे भी इसी तरह कैद कर लेगा। तेरे हाथों और पैरों को जकड़ लेगा। तेरी साँसों का, तेरी जिंदगी के एक-एक लम्हे का हिसाब माँगेगा। तुझे नहीं मालूम। तू मेरी रूह से निकली हुई एक औरत है, आ मेरे पास आ...'' और उसे गले लगाने के लिए उसने दोनों हाथ फैला दिए।

वह औरत—गुस्से से भर गई। उसका खूबसूरत चेहरा सुर्ख हो गया।

''मैं कह चुकी हूँ, तू मेरा रास्ता मत रोक। मेरे कदमों को कमजोर करने की कोशिश मत कर। हमारी मुहब्बत का गीत आसमानी फरिश्तों का गीत नहीं है। हमारी चाहत हम दोनों के हाथों की मेहनत के बीच उपजेगी। जब धरती की छाती से गेहूँ की बाल फूटेगी, जब सख्त चट्टानों को तोड़कर ठंडे पानी का सोता बह निकलेगा, जब सुर्ख तपते लोहे पर बरसता उसका हथौड़ा चिनगारियाँ बिखेरेगा, उससे हमारा गीत पैदा होगा। भट्ठी की आँच से सुर्ख होकर जब हमारे चेहरे दहकेंगे, पकी हुई फसलों की खुशबू से हमारे जिस्म महकेंगे और थककर चूर हम हाथ में हाथ डाले कल के सुनहरे सपने जब हम अपनी आँखों में आबाद कर रहे होंगे तो वह हमारी जन्नत होगी, वही हमारा ऐशो-आराम होगा। इसलिए मैं कभी अँधेरी कैद में नहीं डाली जाऊँगी। मेरे पैरों में कभी बेड़ी नहीं पड़ेगी...'' और मजबूती के साथ कदम रखती वह बाहर चली गई। उसने एक बार भी पीछे मुड़कर नहीं देखा।

वह उसे जाता हुआ देखती रही। उस औरत के लिए जो उसके भीतर से पैदा हुई थी और अभी-अभी बाहर गई थी, उसके लिए उसके होठों पर दुआ थी। उसे यकीन हो गया था कि उस औरत का दामन, जो अभी बाहर निकल गई थी, आँसुओं का खज़ाना नहीं बनेगा जैसा कि हमेशा-हमेशा से होता चला आया था।

□□□